Pertti Kivinen

Super-Wilma

Der Saurier in Aris und Karis Baumhaus

Aus dem Finnischen von

Anu Stohner

Mit Illustrationen von

Katrin Engelking

dtv

Pertti Kivinen in der Reihe Hanser:

Die Blaubeerdetektive – Gefahr für den Inselwald

Die Blaubeerdetektive – Achtung Geisterelch!

Die Blaubeerdetektive – Die Jagd auf den Meisterdieb

Super-Wilma – Das Einhorn in Emilias Garten

Super-Wilma – Der Saurier in Aris und Karis Baumhaus

FSC
www.fsc.org
MIX
Papier | Fördert gute Waldnutzung
FSC® C084279

1. Auflage 2024

Reihengestaltung, Umschlag und Innenillustrationen:
Katrin Engelking
Gesetzt aus der Sabon
Satz: Gaby Michel, Hamburg
Repro: Regg Media, München
Druck und Bindung: Print Consult, München
Printed in Slovakia · ISBN 978-3-423-64120-3

1.

In jedem Fall gehst du nicht allein zu denen!

Ich heiße Wilma und gehe ganz normal in die dritte Klasse. Aber ich bin auch Expertin für Fieslinge. Ich meine *richtige* Fieslinge, nicht Jungs oder so. Geister sind zum Beispiel richtige Fieslinge. Oder Monster. Und manchmal verstellen sie sich auch wie das Einhorn, das eines Tages bei Emilia aus unserer Klasse im Garten auftauchte und erst supersüß war und dann fies und immer fieser wurde. Die arme Emilia war schon ganz verzweifelt, als sie mich fragte, ob ich was gegen das Einhorn machen könne, und das konnte ich wirklich, aber nur, weil Ria und Aylin mir geholfen haben.*

Ria und Aylin gehen auch mit mir in die Klasse. Wir

* Wie genau das war, kann man in ›Super-Wilma – Das Einhorn in Emilias Garten‹ nachlesen.

sind beste Freundinnen, und die beiden helfen mir, wenn ich's mit gefährlichen Kreaturen wie Emilias Einhorn zu tun bekomme. Auch als Ari und Kari aus unserer Klasse ein Problem mit einem Saurier hatten, haben sie mir geholfen. Gleich nach der Geschichte mit Emilias Einhorn war das, und es fing alles damit an, dass wir morgens zu dritt zur Schule radelten und uns Ari und Kari schon am Eingang zum Schulhof abpassten.

»Wir haben ein Problem mit unserem Baumhaus«, sagte Ari.

»Oder eigentlich mit dem Saurier, der da nicht mehr rauswill«, erklärte uns Kari.

»Er muss aber raus, bevor er immer größer wird«, sagte Ari.

»Jetzt ist er noch ganz putzig«, erzählte Kari.

»Nur ein bisschen ungeschickt mit seinen scharfen Klauen«, erzählte Ari.

Dann streckten sie uns ihre Hände entgegen, und wir sahen, dass sie jeder ein Pflaster auf dem Handrücken hatten: Ari rechts und Kari links.

Ich brauchte einen Moment, bis ich kapierte, dass

sie mich wegen dem Saurier um Hilfe baten. Ich meine, in der Klasse tun das alle, wenn sie ein Problem mit was haben, was ihnen unheimlich ist. Aber von Ari und Kari kam es trotzdem überraschend. Die zwei sind Zwillinge, obwohl sie sich gar nicht so ähnlich sehen, und jedenfalls bis dahin waren sie die wahrscheinlich größten Angeber an der ganzen Schule. Oder wenigstens bei uns in der Dritten. In jeder großen Pause tönten sie herum, was sie angeblich wieder Tolles erlebt oder gesehen hätten. Zum Beispiel wollten sie mal mit dreibeinigen Aliens in einer fliegenden Untertasse unterwegs gewesen sein. Oder bei ihrer Oma auf dem Land zwei Meter große

Hasen und fünf Meter große Wölfe gesehen haben. Alle wussten, dass sie so was nur erzählten, um wie die taffen Obermacker dazustehen, aber umso sicherer war ich mir, dass sie sich das mit dem Saurier *nicht* ausgedacht hatten. Man ist ja kein taffer Obermacker, wenn man jemanden um Hilfe bittet. Also übernahm ich den Fall und versprach den beiden, mir den Saurier mal anzuschauen, dann würde man sehen, was mir dazu einfiel.

Ria und Aylin war die Sache trotzdem nicht geheuer.

»Ich weiß nicht, vielleicht wollen dich die Knalltüten nur reinlegen«, sagte Ria, als wir unsere Fahrräder abstellen gingen und die beiden uns nicht mehr hören konnten.

»Zuzutrauen wär's ihnen«, sagte Aylin.

»In jedem Fall gehst du nicht allein zu denen!«, sagte Ria.

»Auf keinen Fall«, sagte Aylin.

So wie sie dabei schauten, wäre Widerspruch zwecklos gewesen, also gingen wir in der großen Pause zu dritt zu den Zwillingen hin und sagten, wir kämen so gegen vier Uhr nachmittags bei ihnen vorbei.

»Alle drei?«, fragte Ari.

Und Aylin mit ihrem Todesblick, wie Ria und ich dazu sagen: »Was dagegen?«

Dazu muss man wissen, dass Aylin Judo macht und dauernd irgendwelche Turniere gewinnt, sogar welche mit Jungs. Ria und ich kommen manchmal als Zuschauerinnen mit, und »Todesblick« sagen wir zu dem Blick, mit dem sie zum Kämpfen auf die Matte geht. Man ist dann immer froh, dass man nicht selbst gegen sie antreten muss. Und klar, das mit dem Judo wissen Ari und Kari auch.

»Nein, nein, überhaupt nicht!«, sagte Kari schnell, und Ari probierte sogar einen kleinen Witz.

»Vielleicht kannst du den Saurier ja in den Würgegriff nehmen«, sagte er zu Aylin.

Im normalen Leben, also wenn sie nicht gerade Judo macht, ist Aylin eine ziemliche Kichererbse, aber jetzt verzog sie keine Miene. Immer noch mit dem Todesblick schaute sie von Aris Gesicht auf seine Füße hinunter und wieder zurück. Und als Ari den Blick nicht mehr aushielt und sich zu seinem Zwillingsbruder wegdrehte, sagte sie:

»Würgegriffe verwenden wir im Judo nur gegen ganz spezielle Gegner.«

Ria und ich wussten gleich, dass sie Ari eine Falle stellte, aber der kannte Aylin natürlich nicht so gut wie wir und tappte ahnungslos hinein.

»Echt jetzt?«, fragte er. »Sag mal ein Beispiel!«

Und Aylin: »Knalltüten, die dumme Würgegriffwitze machen.«

Falls jemand nicht weiß, wie Jungs aussehen, wenn sie nicht wissen, ob sie verlegen lachen oder sich lieber schnell verziehen sollen: so wie Ari und Kari jetzt gerade. Erst als ich die zwei zur Sicherheit noch mal daran erinnerte, dass wir um vier bei ihnen sein würden, konnten sie wenigstens wieder nicken.

»Also bis um vier!«, sagte ich, dann ließen wir die zwei stehen.

Ich glaube, das war die erste große Pause, in der Ari und Kari mal keine von ihren Geschichten erzählten, und überhaupt waren sie nach der Sache mit dem Saurier wie ausgewechselt. Klingt bei zwei solchen Knalltüten unwahrscheinlich, ich weiß. Aber es stimmt.

2.

Auf der dicken alten Eiche, seht ihr's?

Nachmittags holte Ria Aylin ab, die beiden holten mich ab, und zu dritt radelten wir durch ganz Kaninkorva* und noch ein Stück aus dem Ort hinaus, wo Ari und Kari auf einem kleinen Bauernhof wohnen. Ihre Eltern sind aber keine Bauern, sondern ihre Mama ist die Rektorin an unserer Schule, und ihr Papa ist Konrektor, allerdings nicht bei uns, sondern an der Schule in Hirvenkorva*, unserem Nachbarort. Bis dahin hatte ich mir nie Gedanken gemacht, wie es wohl war, eine Rektorin und einen Konrektor als Eltern zu haben. Ich wusste nur, dass man davon nicht automatisch ein

* Falls jemand kein Finnisch kann: Kaninkorva heißt *Kaninchenohr*, und Hirvenkorva heißt *Elchohr*. Bei uns in der Gegend kommen solche Ortsnamen öfter vor.

Genie wurde. Jedenfalls waren Ari und Kari, solange ich sie kannte, eher unsere Klassendödel gewesen.

»War eigentlich schon mal jemand bei denen zu Hause?«, fragte Ria, als wir in die kleine Allee einbogen, die leicht bergauf zu dem Bauernhof hinaufführte. Von da konnte man schon gut das rote Haus mit weiß eingerahmten Fenstern, eine große Scheune und ein niedriges, lang gestrecktes Stallgebäude erkennen.

»Bei Ari und Kari? Geht's noch?«, antwortete Aylin auf Rias Frage.

»Komisch, dass die zwei so eine nette Mama haben«, sagte ich.

Unsere Rektorin ist nämlich besonders nett, und dass sie dann zwei dermaßen dödelige Angebersöhne haben konnte, wunderte uns schon länger. Aber jetzt war

natürlich keine Zeit, sich darüber den Kopf zu zerbrechen. Ria sagte noch »Stimmt!«, aber Aylin zeigte schon nach vorne, wo die Zwillinge am Ende der kleinen Allee standen und winkten.

»Stellt die Fahrräder am besten bei der Scheune ab!«, sagte Ari, als wir bei ihnen anhielten.

»Zum Baumhaus kommt man nur zu Fuß«, erklärte uns Kari.

Aber erst mal schauten wir drei uns um und staunten. Hier sah es wirklich wie auf einem richtigen Bauernhof aus: In der offen stehenden Scheune war ein Trecker geparkt, und in dem niedrigen, lang gestreckten Gebäude wohnten auch noch Tiere: Aus zwei von diesen Türen, bei denen man auch nur die obere Hälfte auf-

machen kann, schauten Pferde, und in einer dritten Tür war unten eine Öffnung, in der gerade ein Huhn verschwand. Andere Hühner liefen frei auf dem Hof herum, und neben der Eingangstür zum Haus lag ein großer schwarzer Wuschelhund, bei dem man erst erkennen konnte, was vorne war, als er den Kopf hob und uns durch den Haarevorhang vor seinen Augen anblinzelte.

»Das ist Flocke«, stellte ihn Ari vor.

»Wie Schneeflocke«, erklärte uns Kari. »Unser Papa hat ihm den Namen gegeben.«

Wir Mädels sahen uns an und wussten, dass wir gerade alle dasselbe dachten, nämlich dass die beiden nicht nur eine nette Mama, sondern auch noch einen witzigen Papa hatten. Wie sie da Ari und Kari werden konnten, war echt schwer zu verstehen.

»Kommt ihr?«, fragte Ari und ging in Richtung Scheune, wo neben dem Tor schon ihre eigenen Fahrräder an der Wand lehnten. Wir stellten unsere dazu und folgten den beiden einen schmalen Weg entlang, der zwischen dem Haus und der Scheune hindurchführte.

Gleich hinter dem Haus gab es einen Gemüsegarten

und eine Wiese mit Obstbäumen, und hinter der Scheune begann eine Weide mit einem weißen Holzzaun wie auf einem Pferdehof. Nur Pferde sah ich dort keine.

»Es sind schon auch welche hier draußen, aber sie halten sich gern unter den Bäumen auf«, sagte Kari, der meinen Blick über die Weide bemerkt haben musste.

»Der hintere Zaun steht ein Stück im Wald«, sagte Ari.

»Und wo habt ihr euer Baumhaus?«, fragte Ria.

»Gleich am Waldrand«, sagte Kari. »Nur auf der anderen Seite, wo die Streuobstwiese zu Ende ist.«

»Die *Was*wiese?«, fragte ich.

»Streuobstwiese«, wiederholte Kari.

»So sagt man, wenn alle möglichen Obstbäume durcheinanderwachsen«, erklärte uns Ari.

Tatsächlich sahen wir Äpfel, Birnen und Pflaumen an den Bäumen, allerdings waren sie so früh im Sommer noch klein und die Pflaumen ganz grün. Wir hatten ja noch nicht mal Ferien.

Inzwischen sind Ria, Aylin und ich den Weg zwischen der Weide und der Streuobstwiese öfter gegangen, aber ich finde ihn jedes Mal wieder schön, weil es ein bisschen so ist, als hätten wir doch schon Ferien und ich wäre mit meinen besten Freundinnen auf genau dem Bauernhof aus dem Bilderbuch, das ich, als ich noch ganz klein war, von meiner einen Oma bekommen habe. Sie ist auf einem Bauernhof aufgewachsen und wollte, dass ich sehe, wie sie als Kind gelebt hat. Das Buch war dann lange mein Lieblingsbuch.

Jetzt war ich aber erst mal gespannt auf das Baumhaus, und die Jungs zeigten auch schon mit ausgestreckten Armen auf eine Stelle am Waldrand, wo ein Baum zwar ein bisschen niedriger war als die Kiefern, die um ihn herum wuchsen, aber dafür umso breiter. Es sah fast aus, als würde er seine dicken Äste nach der Seite ausstrecken, damit ihm die anderen Bäume nicht zu nahe kamen.

»Auf der dicken alten Eiche, seht ihr's?«, fragte Ari.

Und ja: Da war, gut versteckt zwischen Zweigen und Blättern, ein Baumhaus.

Es war größer, als ich es mir vorgestellt hatte, und auf der Seite, von der wir uns näherten, gab es ein Fenster.

Und in dem Fenster saß ein dickes, fettes, schwarz-weiß gesprenkeltes Huhn!

Ria und Aylin sagten nichts, aber der Blick, mit dem sie mich anschauten, reichte. In gesprochene Sprache übersetzt, bedeutete er:

»Haben wir's dir nicht gesagt, dass die Knalltüten dich nur reinlegen wollen?!«

3.

Und was soll das da oben für ein Saurier sein?

Ich konnte nur mit den Schultern zucken. Ria und Aylin hatten ja recht. Aber wenn die zwei Dödel wirklich glaubten, sie könnten uns ein Huhn für einen Saurier verkaufen, konnten sie was erleben! – Das war's, was ich in dem Moment dachte, aber Aylin war schon einen Tick weiter.

»Irgendwie hab ich mir Saurier anders vorgestellt«, sagte sie und ließ dabei die Fingerknöchel knacken wie manchmal in Fernsehkrimis die Typen, mit denen man lieber keinen Streit anfangen würde.

Aber die zwei checkten nichts. Sie starrten Aylin nur mit großen Fragezeichen in den Augen an.

»Obwohl sie ja mit den Vögeln verwandt sein sollen«, sagte Ria, und die zwei checkten immer noch nichts.

Ich musste erst auf das Huhn zeigen und fragen: »Es ist ein Flugsaurier, stimmt's?«

Da verstanden sie endlich. Nur reagierten sie kein bisschen so, als hätten wir sie bei einem doofen Streich ertappt. Sie guckten nicht bedröppelt und kamen uns auch nicht mit irgendwelchen peinlichen Ausreden, sondern klatschten sich mit den Händen gegen die Stirn und kriegten sich vor Lachen nicht mehr ein. Sie hüpften im Kreis und hauten sich gegenseitig auf die Schultern, und wenn sie was sagen wollten, kam immer nur gesprühte Spucke heraus.

Das ging lange so und hörte erst auf, als Ria mit ihrer besten Frau-Hämäläinen-Stimme sagte:

»Sagt mal, habt ihr sie noch alle? Uns wegen einem Witz von einem Saurier hierherzulocken und dann so ein Affentheater aufzuführen!«

Falls ich's noch nicht erwähnt habe: Frau Hämäläinen ist unsere Lehrerin, und Ari und Kari haben bei ihr nichts zu lachen, vor allem in Mathe, wo sie uns gern Zahlenrätsel aufgibt, von denen die beiden noch nie eins rausgekriegt haben. Ria kann Frau Hämäläinens Stimme so gut nachmachen, dass es sogar Aylin und mir kalt den Rücken runterläuft, obwohl wir es schon öfter gehört haben. Und die Zwillinge hatten es noch nie gehört! Sie bekamen einen solchen Schreck, dass sie sich umschauten, ob unsere Lehrerin vielleicht irgendwo in der Nähe war.

»Knalltüten!«, sagte Ria immer noch mit der Stimme von Frau Hämäläinen, und die Zwillinge sahen richtig erleichtert aus, dass es nur sie war – erst erleichtert und dann fast ein bisschen schuldbewusst.

»Tut uns leid«, sagte Ari, und Kari nickte.

»*Was* tut euch leid?«, fragte Ria wieder mit ihrer eigenen Stimme. »Dass ihr uns mit dem Witz von einem Saurier hierhergelockt oder dass ihr euch darüber auch noch schlappgelacht habt?«

»Dafür gibt's nämlich unterschiedliche Griffe«, sagte Aylin und knackte wieder mit den Fingerknöcheln.

»Aber wir haben euch doch gar nicht reingelegt«, sagte Ari, der schnell einen Schritt rückwärts machte.

»Ehrlich nicht«, sagte Kari, der sogar zwei Schritte rückwärts machte.

»Und was soll das da oben für ein Saurier sein?«, fragte ich und zeigte auf das Huhn.

»Gar keiner«, sagte Ari.

»Das ist Kaisa-Liisa, unsere beste Legehenne«, erklärte uns Kari.

»Sie kümmert sich ganz rührend um den Saurier«, sagte Ari.

»Von allen unseren Hühnern ist sie auch die beste Fliegerin«, erklärte uns Kari.

Und als hätte das Huhn es gehört, spreizte es die Flügel, flatterte zwei-, dreimal auf und ab und flog dann über unsere Köpfe hinweg in Richtung Hof. Nie hätte man dem wirklich nicht schlanken Tier einen so eleganten Flug zugetraut. Wir schauten ihm nach, bis es zwischen dem Haus und der Scheune hindurchsegelte, und es war genau in dem Moment, als wir vom Baumhaus her seltsame Geräusche hörten. Es klang wie ein leises Wimmern, und als wir hinschauten, stand er am Fenster und schaute sehnsüchtig dorthin, wo das Huhn gerade verschwunden war: der Saurier.

4.

Danke, dass ihr mich rechtzeitig warnt!

Das heißt, eigentlich sahen wir nur seinen Kopf und ein Stück von seinem Hals. Er hatte einen langen gelben Schnabel wie ein Vogel, nur wuchs ihm oben auf dem Kopf etwas, das aussah wie ein nach hinten statt nach vorn gewachsenes Horn. Oder wie ein hoher, spitzer, nach hinten gerutschter Hut. Das komische Gewächs war fast so lang wie vorne der Schnabel und hatte dieselbe Farbe wie das Gesicht und der Hals. Von Weitem hätte ich gesagt, es sei ein grünliches Braun mit einem leichten Glanz, aber inzwischen weiß ich es besser: Saurier schillern ein bisschen wie Fische in allen möglichen Farben, je nachdem, was um sie herum für ein Licht ist. So war es jedenfalls bei dem von Ari und Kari. Und mit seinen Augen war es ähnlich: Jetzt, wo wir sie aus viel-

leicht zehn Metern Entfernung sahen, hätte ich sie nur für blau gehalten, aber aus der Nähe schillerten sie dann eher türkis.

So sah er aus, der Saurier in Aris und Karis Baumhaus, und wenn ich nur sein Wimmern gehört hätte, wäre mir am ehesten ein kleiner Hund eingefallen. Ein kleiner Hund, der lieber bei seiner Mama als irgendwo bei fremden Menschen wäre.

Ich weiß nicht, wie lange wir da standen und zu dem wimmernden Saurier hinaufschauten. Ich weiß nur noch, dass Ari plötzlich sagte:

»Es ist ein knapp drei Wochen alter *Pteranodon.*«

»Das kommt aus dem Griechischen und heißt ›zahnloser Flügel‹«, erklärte uns Kari.

»Weil sie keine Zähne haben und Flugsaurier sind«, sagte Ari.

»Kurzschwanzflugsaurier, genauer gesagt«, wusste Kari.

»Mit einer Flügelspannweite von so sieben, acht Metern, wenn sie erst mal ausgewachsen sind«, wusste Ari.

»Das ist für Flugsaurier nicht mal *so* groß«, erklärte uns Kari. »Es soll welche mit zwanzig Metern Spannweite gegeben haben.«

»So, und jetzt schauen wir ihn uns aus der Nähe an!«, sagte Ari und marschierte los.

»Keine Angst!«, sagte Kari. »Das gestern mit den Klauen war keine Absicht.«

Dann marschierte er hinter seinem Bruder her, und wir Mädels folgten den beiden. Der Saurier wimmerte weiter, aber er wurde immer leiser, und als wir unter der Eiche ankamen, zog er den Kopf ein und verstummte.

»Wenn jemand kommt, verkriecht er sich in die hinterste Ecke«, sagte Ari.

»Da haben wir ihm aus Stroh ein Nest gebaut, aber mit Futter lässt er sich zum Einstieg locken«, sagte Kari.

Mit dem Einstieg meinte er ein kreisrundes Loch unten im Boden des Baumhauses. So wie es aussah, konnte man zu dem Einstieg auch am Baumstamm hochklettern und an ein paar Ästen entlangturnen, aber es führte auch eine lange Strickleiter hinauf. Eine *sehr lange* Strickleiter, und ganz ehrlich: Ich war an so was überhaupt noch nie irgendwo hinaufgeklettert. Ich überlegte gerade, wieso ich erst am Schaukeln der Strickleiter merkte, wie windig es heute war, als Ari fragte:

»Wer will zuerst?«

»Futter haben wir dabei«, sagte Kari, worauf beide in ihren Hosentaschen kramten und uns stolz zeigten, was sie gefunden hatten: jeder zwei Hände voll Mehlwürmer. Lebende.

»Flugsaurier waren hauptsächlich Fleischfresser, aber weil sie keine Zähne hatten, vermutet man, dass sie eher Fische gefangen und am Stück verschluckt haben«, sagte Ari.

»Oder eben so was hier«, sagte Kari und hielt uns die kringeligen Mehlwürmer unter die Nase.

Jetzt machen mir Mehlwürmer nichts aus, weil Papa gern mit ihnen angelt und ich öfter mitangle, damit es schneller leckeren Fisch aus der Lagerfeuerasche gibt. Auch Ria hat schon mit uns geangelt, aber Aylin noch nie, weil ihr vor Mehlwürmern graut und sie auch keine zappeligen Fische an der Angel haben mag. Also mussten entweder Ria oder ich nach oben klettern, und Ria wird schon auf dem Drei-Meter-Sprungbrett im Strandbad schwindelig. Okay, dann also ich, dachte ich.

Und genau da sagte Aylin: »Okay, *ich* als Erste.«

»Dann *ich*«, sagte Ria.

»Aber lasst mir ein paar Mehlwürmer übrig!«, sagte ich, obwohl ich die beiden eigentlich hätte umarmen sollen vor Glück, dass ich so tolle beste Freundinnen habe.

»Wir können noch welche holen«, beruhigte uns Ari.

»Wir züchten sie für die Hühner«, erklärte uns Kari.

Und Aylin, während sie sich ein paar davon nahm

und mit einer freien und einer halb freien Hand die Strickleiter hochzuklettern begann: »Warum erzählt ihr das jetzt erst? Für so tolle Mehlwürmer wär ich schon früher mal vorbeigekommen.«

Aylin kletterte auch mit nur eineinhalb Händen wie ein Eichhörnchen, und es dauerte nicht lange, dann war sie bis zur Hüfte oben in dem Einstiegsloch verschwunden. Wir sahen, wie sie sich nach vorne beugte, gleich danach gab es ein scharrendes Geräusch, und nach einem leisen »Klapp-klapp!« begann Aylin den Abstieg. Dass sie alles verfüttert hatte, sah man daran, wie sie sich jetzt mit beiden Händen an der Strickleiter festhielt.

»Oben muss man nur auf seine freie Hand aufpassen«, sagte Ari, als Aylin unten ankam.

»Wenn man sich damit abstützt, tritt er einem schnell mal drauf«, erklärte uns Kari.

Und Aylin nur: »Danke, dass ihr mich rechtzeitig warnt!«

Sie hatte aber selbst aufgepasst und, wie sie uns später erzählte, gerade noch rechtzeitig die Hand weggezogen, als der Saurier angetapst kam.

Um es kurz zu machen: Auch bei Ria ging alles gut, obwohl sie hinterher ein bisschen grün im Gesicht war, und nur ich war so blöd, dem Saurier nach dem Füttern über sein komisches Gewächs auf dem Kopf zu streicheln und mich dabei auf dem Boden des Baumhauses abzustützen. Ich war überrascht, wie knochig und samtweich zugleich sich das Gewächs anfühlte, und spürte im selben Moment den Ratsch auf meinem Handrücken.

»Autsch!«, rutschte es mir heraus, und der arme *Pteranodon* prallte vor Schreck zurück in seine Ecke mit dem Nest aus Stroh. Weil er dabei kurz die Flügel spreizte, sah ich, dass sie fast durchsichtig waren und rötlich schimmerten. Wie groß er war, konnte ich schlecht erkennen. Ich schätzte, so groß wie ein Schwan.

»Tut mir leid«, sagte ich, und das war ehrlich gemeint. Der Arme hockte da wie eine riesige notgelandete Fledermaus, und seine eingeklappten Flügel zitterten, als käme ihn gleich ein *Tyrannosaurus rex* holen. (Damit jetzt niemand denkt, ich sei auch Saurier-Expertin: Bis zu der Sache mit Ari und Kari war der *Tyrannosaurus rex* überhaupt der einzige Saurier, den ich mit Namen kannte.)

»Okay«, sagte ich, als ich an dem blöden baumeligen Strickteil wieder nach unten geklettert war. »Jetzt brauche ich erst ein Heftpflaster, und dann erzählt ihr mir, wie das hier alles angefangen hat und was ihr von mir erwartet.«

»Geht in Ordnung«, sagte Ari.

»Pflaster gibt's im Haus«, sagte Kari.

Dann machten wir uns auf den Weg, und als wir fast bei der Scheune waren, hörten wir ein Geräusch, von dem wir Mädels nicht wussten, ob es jetzt nur komisch oder schon ein bisschen unheimlich war. Es hörte sich wie ein tiefes, grummeliges Krächzen an.

»Öch-öch-öch-öch-öch-öch!«

»Oh Mist!«, sagte Ari.

»Papa!«, stöhnte Kari.

»Der macht *solche* Geräusche?«, fragte Ria.

»Nein, der blöde alte Trecker«, sagte Ari.

»Wenn er wieder mal nicht anspringt«, erklärte uns Kari.

»Öch-öch-öch-öch-öch-öch!«

»Kein Wort über den Saurier, okay!«, flüsterte Ari.

»Bitte!«, flüsterte Kari.

5.

Da lachen ja die Hühner!

Aris und Karis Papa war wirklich witzig. Als die beiden ihn fragten, ob der Trecker mal wieder nicht anspringe, antwortete er: »Nein, wieso?« Und als wir Mädels uns vorgestellt hatten, fragte er, ob wir noch einen Moment vorm Scheunentor stehen bleiben könnten, vielleicht wolle sich der Trecker vor Besuch nicht blamieren. Aber das Komischste war: Es hat funktioniert. Der Trecker ächzte erst noch mal, aber dann stotterte er und lief.

»Öch – öch – bröch – bröch – bröch – brömm – brömm – brömm!«

»Könnt ihr uns bitte öfter besuchen?!«, rief Aris und Karis Papa über den Lärm hinweg.

Jetzt »Ja!« zurückzurufen wäre ein bisschen peinlich gewesen, darum winkten wir nur und lachten. Das Gute war, dass man das auch nicht als Nein verstehen konnte.

»Er überlegt schon länger, ob er einen neuen kauft«, erzählte Ari, während sein Papa den Trecker aus der Scheune fuhr und wir zusammen zum Haus gingen.

»Mama findet nur, wir brauchen erst Sonnenkollektoren auf dem Dach, und Papa gibt zu, dass sie natürlich recht hat«, erzählte Kari, während er uns die Haustür aufhielt.

Ehrlich, das machte er! Er hielt uns die Tür auf, und wenn ich's mir überlege, hätten wir Mädels da schon auf die Idee kommen können, dass wir die Zwillinge vielleicht doch nicht so gut kannten, wie wir dachten. Wir brauchten aber noch ein paar Minuten, nämlich

bis wir oben im ersten Stock das Zimmer der beiden betraten.

Ich weiß noch, wie uns erst gar nicht einfiel, was wir dazu sagen sollten. Wir haben ja alle Brüder und wissen, dass Jungszimmer immer aussehen, als wären gerade Einbrecher da gewesen, die nach versteckten Wertsachen suchten und alles in die Gegend schmissen, was ihnen dabei im Weg war: Klamotten (vor allem Sportklamotten), Schuhe, Socken, Legosteine (wenn die Jungs sie nicht schon selbst auf dem Fußboden verteilt hatten), Schulkram, Comics, leere Pizzakartons (die bei meinem großen Bruder aber auch halb voll sein können) und weiß der Kuckuck was. Aber jetzt bei den Zwillingen, wo es ja auch doppelt so schlimm hätte aussehen können: zwei tippitoppi gemachte Betten, nichts (nichts!) auf dem Fußboden außer zwei Paar Hausschuhen (Hausschuhen!), die genau zur Hälfte unter den Fußenden der Betten herausschauten, geschlossene Schranktüren und Schubladen, zwei Schreibtische, auf denen alles ordentlich sortiert lag, und ein Regal mit Büchern zwischen Bücherstützen (Bücherstützen!) wie in der Schulbibliothek.

»Setzt euch einfach auf eins von den Betten!«, sagte Ari, und wir machten es brav.

»Außer dem Heftpflaster vielleicht auch Saft?«, fragte Kari, und wir nickten.

Worauf die beiden verschwanden und wenig später mit dem Pflaster und einem großen Tablett zurückkamen, auf dem eine Karaffe und fünf Gläser standen. Die Zeit dazwischen reichte gerade mal für ein »Wow!« von Ria, ein »Ich glaub's nicht!« von mir und ein »Ich auch nicht!« von Aylin. Dann konnte ich mir auch schon das Pflaster auf den Handrücken kleben, und es gab Rhabarbersaft, als hätten die zwei gewusst, dass es unser Lieblingsgetränk ist. Als sie uns allen eingeschenkt hatten, setzten sie sich aufs andere Bett, und erst als wir einen Schluck von dem Saft genommen hatten, fragte Ari:

»Sollen wir anfangen?«

»Er meint mit Erzählen«, sagte Kari, und wir Mädels nickten wieder nur, als hätten wir das Sprechen verlernt.

»Losgegangen ist es mit einem Ei«, erzählte Ari.

»Wir zwei sind hier auf dem Hof nämlich für die Hühner und die Eier zuständig«, erklärte uns Kari.

»Genau«, sagte Ari. »Und vor vier Wochen war plötzlich eins dabei, das anders aussah als die anderen.«

»Es war gar nicht *so* viel größer und rötlich-braun gesprenkelt«, erklärte es Kari genauer. »Da dachten wir, es wäre vielleicht von einem Vogel, der sich in den Hühnerstall verirrt hat.«

»Falkeneier sehen so aus, nur kleiner«, sagte Ari. »Da dachten wir, vielleicht ist es von besonders großen Falken, und haben das Nest ins Baumhaus gebaut und das Ei hineingelegt.«

»Damit die Falkeneltern es vielleicht finden und ausbrüten«, erklärte uns Kari. »Aber dann ist immer nur Kaisa-Liisa hingeflogen, und wir dachten, okay, soll eben sie das Falkenei ausbrüten, dann sehen wir weiter.«

»Wir haben schon nachgelesen, wie man Falken großzieht«, sagte Ari und klang ein bisschen traurig.

»Die kann man ja zähmen«, sagte Kari und klang auch ein bisschen traurig.

Dann nippten sie beide an ihrem Saft, und ich nutzte die Gelegenheit und fragte: »Aber euren Eltern habt ihr davon nichts erzählt?«

»Nein«, sagte Ari.

»Der kleine Falke sollte eine Überraschung werden«, sagte Kari.

»Und dann ist kein Falke, sondern ein kleiner Saurier geschlüpft«, sagte ich, und die beiden nickten und nippten wieder an ihrem Saft.

»Von dem ihr euren Eltern auch nichts erzählt habt«, kombinierte ich messerscharf.

»Doch«, sagte Ari.

»Sie haben es nur nicht geglaubt«, sagte Kari.

»Mama wollte wissen, ob ihn vielleicht die dreibeinigen Aliens aus der fliegenden Untertasse zurückgelassen haben«, erzählte Ari.

»Und Papa, ob er größer oder kleiner ist als die Hasen und Wölfe bei Oma auf dem Land«, erzählte Kari.

»Das kommt davon, wenn man sich dauernd solchen Quatsch ausdenkt«, sagte Ria fast schon mit der Frau-Hämäläinen-Stimme.

»Dann denken die anderen, man flunkert *immer*«, erklärte Aylin, was Ria meinte.

»Aber wir flunkern doch gar nicht!«, wehrte sich Ari.

»Nie!«, wehrte sich Kari.

Und Ria, jetzt wirklich mit der Frau-Hämäläinen-Stimme: »Ach, hört doch auf! Da lachen ja die Hühner!«

Diesmal redete sie aber nicht nur mit der Frau-Hämäläinen-Stimme, sondern sie sagte auch haargenau das, was Frau Hämäläinen immer sagt, wenn man sie anflunkern will. Darum dachten wir Mädels erst, Ari und Kari würden nur deshalb ein bisschen schräg an uns vorbeischauen, weil sie das auch bei unserer Lehrerin machten, wenn sie mit ihnen schimpfte. Aber dann hörten wir hinter uns ein leises Klopfen und schauten uns um.

Schräg hinter uns war das Fenster, und das Geräusch kam davon, dass Kaisa-Liisa von draußen mit dem Schnabel gegen die Scheibe pickte.

Ich weiß, es klingt wie der allerletzte Blödsinn: Aber das Huhn sah aus, als würde es lachen!

6.

Eure Eltern wissen also nichts von dem Saurier?

»Was dagegen, wenn wir sie reinlassen?«, fragte Ari.

»Wahrscheinlich ist sie neugierig, weil sie euch nicht kennt«, sagte Kari.

Ich kann's nicht beschwören, aber ich glaube, von uns Mädels kam dazu kein Mucks, und sowieso machte Ari schon im Reden das Fenster auf, und das Huhn flatterte auf einen der aufgeräumten Schreibtische. Dort saß es dann vollkommen regungslos, und nur seine Augen bewegten sich, bis es Ria, Aylin und mich der Reihe nach gemustert hatte. Danach wandte es sich Ari und Kari zu und zwinkerte kurz.

»Ihr gefallt ihr«, sagte Ari.

»Wenn ihr jemand nicht gefällt, will sie gleich wieder raus«, erklärte uns Kari.

So war das mit dem Huhn, und wenn jetzt jemand denkt, Moment mal: ein Saurier im Baumhaus, ein tippitoppi aufgeräumtes Jungszimmer und ein Huhn, das sich aufführt wie ein oberschlaues Hündchen, äh, Wilma, geht's noch? – wenn also jemand so denkt, kann ich es gut verstehen. So ähnlich denken ja auch meine Eltern oder mein großer Bruder Mikko, denen ich mit meinen Geschichten von irgendwelchen gefährlichen Kreaturen gar nicht erst zu kommen brauche, weil sie glauben, ich hätte zu viel Fantasie und würde alles nur erfinden. Aber was soll ich machen? Ich kann ja immer nur erzählen, wie es wirklich war, und um bei der Geschichte mit dem Saurier zu bleiben: Ich hatte ihn doch mit eigenen Augen gesehen, und jetzt saß ich in dem tippitoppi aufgeräumten Jungszimmer, und das Huhn saß keine zwei Armlängen von mir entfernt.

»Sie versteht übrigens auch, was wir reden«, sagte Ari, und ich sehe uns Mädels immer noch nicken, weil uns das schon nicht mehr wunderte.

»Sie sagt nur selber nichts«, sagte Kari.

»Okay«, sagte ich, nachdem auch das geklärt war. »Eure Eltern wissen also nichts von dem Saurier?«

»Genau«, sagten Ari und Kari gleichzeitig.

»Und wir sagen auch nichts mehr, haben wir uns überlegt«, erklärte uns Ari.

»Weil man nämlich nicht weiß, was Erwachsene mit einem Saurier machen würden«, erklärte uns Kari.

»Wir wollen einfach, dass er frei ist und hinkann, wo er will«, sagte Ari.

»Darum soll er ja auch aus dem Baumhaus raus, bevor es zu spät ist und er nicht mehr durch den Einstieg oder durchs Fenster passt«, sagte Kari.

»Logisch«, sagte ich, und in genau dem Moment wurde mir klar, dass ich mir einen Wahnsinnsfall eingehandelt hatte. Mit Emilias Einhorn war es auch nicht leicht gewesen, aber das fiese Stück hatten wir ja nur loswerden müssen. Ob es ihm danach gut oder schlecht ging, konnte uns egal sein. Hier war das aber fast die Hauptsache, weil wir es nämlich gar nicht mit einer gefährlichen Kreatur zu tun hatten, sondern mit einem armen elternlosen Geschöpf, das einem nur leidtun konnte. In dem Baumhaus saß kein Fiesling, sondern ein Waisenkind, das dort zwar nicht bleiben konnte, es irgendwo anders aber gut haben sollte. Nur wie, verflixt noch mal, sollte das gehen? Selbst wenn wir den Saurier aus dem Baumhaus rausbekamen – wo konnte er dann hin?

Vielleicht merkt man es nicht so, wenn ich davon er-

zähle, aber mir wurde gerade fast schlecht vor Angst, es zu vermasseln. Was man mir irgendwie auch angesehen haben muss. Jedenfalls fragten die Jungs plötzlich:

»Ist was mit dem Saft?«

»Nur weil du so blass aussiehst.«

»Nein, der Saft ist toll«, sagte ich und trank auch gleich einen Schluck. Und während ich trank, beschloss

ich, jetzt nicht in Panik zu geraten, sondern einfach weiterzumachen und vor allem die eine unangenehme, aber wichtige Frage zu stellen, die mir die Jungs noch beantworten mussten.

»Hört zu«, begann ich vorsichtig. »Da ist nur noch *eine* Frage, aber auf die brauche ich bitte eine ehrliche Antwort, sonst kann ich euch nicht helfen: An euren Geschichten ist wirklich *nie* was geflunkert?«

Für eine Weile waren die beiden still, und ich sah aus den Augenwinkeln, wie das Huhn den Hals in ihre Richtung reckte, als wäre es auf die Antwort genauso neugierig wie ich. Aber erst mal versuchten es die Jungs mit einem Ausweichmanöver.

»Und wieso ist das so wichtig?«, fragte Ari.

»Ja, genau, wieso?«, fragte Kari.

Und ich: »Weil, wenn hier wirklich Aliens gelandet sind, sie auch von einem Planeten kommen können, auf dem es noch Saurier gibt.«

»Dann war das mit dem Ei vielleicht eine Art wissenschaftliches Experiment«, sprang Ria mir bei.

»Andererseits«, sagte ich, »wenn es bei eurer Oma

auf dem Land Riesenhasen und Riesenwölfe gibt, warum soll es dann in Finnland nicht irgendwo auch Saurier geben?«

»Dann hat sich vielleicht nur einer in euren Hühnerstall verirrt, und wir können die Aliens vergessen«, mischte sich jetzt auch Aylin ein.

Die Jungs schwiegen wieder eine Weile, und ich fragte mich schon, wie lange Hühner wohl den Hals recken können, als Ari sich einen Ruck gab und redete.

»Na jaaa …«, fing er an. »Von den Aliens haben wir eigentlich nur den Landeplatz gesehen.«

»Im Kornfeld auf der anderen Seite der Pferdeweide«, sagte Kari.

»Da war mittendrin so eine kreisrunde Stelle eingedrückt …«

»… und überall waren solche kleinen Löcher, immer drei nah beieinander.«

»Wir hätten nur zur richtigen Zeit dort sein müssen.«

»Vielleicht nachts, als sie gelandet sind.«

»Dann hätten sie uns bestimmt mitgenommen.«

»Ja, genau.«

Ari hatte schon gleich nach dem »Na jaaa …« den Kopf gesenkt und nicht mehr aufgeschaut. Jetzt sah er aus, als hätte er sich am liebsten unters Bett verkrochen, und sein letzter Satz kam ganz leise:

»Und die Hasen bei Oma sind *wirklich* groß. Jedenfalls größer als hier.«

Und Kari, auch mit gesenktem Kopf und genauso leise: »Dann müssen die Wölfe ja wohl *noch* größer sein.«

Wir Mädels brauchten dazu gar nichts mehr zu sagen, und auch Kaisa-Liisa, das Huhn, zog nur den Kopf ein und verdrehte die Augen. Wir fragten auch nicht, ob sie (Ari und Kari jetzt) schon mal an einen Tierfotografen oder Tierfilmer gedacht hätten, der sich einen Platz im Kornfeld zurechtgemacht und sein Stativ mal hierhin und mal dorthin gestellt hatte. Gut möglich, dass ihnen das auch in den Sinn gekommen war und sie die Alien-Geschichte nur besser gebrauchen konnten. Aber wie auch immer: Wozu die zwei noch quälen, wenn ihnen die Sache so schon heftig peinlich war?

»Gut«, sagte ich. »Dann wissen wir also nicht, woher

das Saurierei gekommen ist, und das heißt leider auch, dass wir nicht wissen, wo der Saurier eigentlich hingehört.«

»Hätten die Aliens das Ei zurückgelassen, könnten wir ihn einfach in den Kreis im Kornfeld setzen und warten, bis sie ihn abholen«, spann Ria meinen Gedanken weiter.

»Und wüssten wir sicher, dass es in Finnland noch Saurier gibt, bräuchten wir nur rauszukriegen, wo ungefähr, und könnten ihn dort aussetzen«, sagte Aylin.

Das war der Moment, in dem die Jungs wieder die Köpfe hoben.

»In Finnland gibt es keine Saurier«, sagte Ari mit fester Stimme.

»Wir haben *fünf* Saurierbücher, und in allen steht es drin«, sagte Kari und zeigte auf das Bücherregal.

»*Und* wir haben an der Universität gefragt«, erzählte Ari.

»In Helsinki, bei den Paläontologen«, sagte Kari.

»So nennt man die Wissenschaftler, die versteinerte Knochen und all so was erforschen«, erklärte uns Ari.

»Und die sagen es auch«, erzählte Kari.

»Die Wissenschaftler jetzt«, sagte Ari.

»Nicht die Knochen«, sagte Kari.

Und dann passierten drei Sachen gleichzeitig. Oder nein, vier: Die Jungs wälzten sich vor Lachen auf dem Bett, wir Mädels dachten: Wow, die können ja witzig sein!, und Kaisa-Liisa ruckte mit dem Kopf, als bekäme sie auch gleich einen Lachanfall. Das waren drei von den vier Sachen, und die vierte war, dass plötzlich die laute Stimme unserer Rektorin von unten durchs Haus schallte:

»Jungs, fragt ihr die Mädchen, ob sie mit uns zu Abend essen? Papa macht Ofengemüse. – Ich muss nur noch schnell zum Baumhaus!«

7.

Jetzt bleib doch mal stehen!

Ich schätze, es dauerte drei Sekunden, dann waren Ari und Kari aus der Tür. Oder vielleicht vier, weil sie vorher noch ihre leeren Saftgläser neben Kaisa-Liisa auf den Schreibtisch knallten. Was das Huhn aber nicht zu stören schien. Es schaute den beiden nur kurz nach, dann flatterte es zum Fenster und klopfte mit dem Schnabel gegen die Scheibe.

»Mama, warte!«, hörten wir Ari rufen, und dem Getrampel nach kam es schon von der Treppe.

»Jetzt warte doch!«, rief Kari, dann knallte die Haustür zu.

Wir Mädels saßen noch, aber nicht, weil wir vor Schreck gelähmt waren oder so. Wir wussten nur nicht, was wir tun sollten. Oder doch: das Fenster öffnen, damit Kaisa-Liisa rauskonnte, denn das wollte sie ja offensichtlich. Wir sprangen alle drei gleichzeitig auf, aber Aylin als Judoka war natürlich die Schnellste. Sie hatte schon die Hand am Fenstergriff, als mir einfiel, was die Jungs erzählt hatten, nämlich dass das Huhn angeblich alles verstand.

»Warte!«, sagte ich. Und dann zu Kaisa-Liisa: »Du hast gehört, worum es geht – wenn dir irgendwas einfällt, um die Rektorin vom Baumhaus fernzuhalten, dann tu's!«

Worauf Aylin das Fenster aufmachte und das Huhn davonflog.

»Sie meint Aris und Karis Mama!«, rief Ria ihm noch hinterher, aber da segelte es schon an der Scheune vorbei.

Auch Ari und Kari sahen wir. Kaisa-Liisa hatte sie kurz vor der Scheune überholt.

»Jetzt bleib doch mal stehen, Mama!«, rief Ari.

»*Wir* können das doch für dich machen!«, rief Kari.

Dann waren alle drei verschwunden, das Huhn *und* die Jungs, und da beschlossen wir, ihnen zu folgen. Helfen konnten wir ihnen zwar nicht mehr, aber es war uns ja nicht egal, wie die Sache mit Aris und Karis Mama ausging. Im Gegenteil: Wir hofften so sehr, dass die Jungs und Kaisa-Liisa sie noch vor dem Baumhaus einholten, dass wir es plötzlich genauso eilig hatten wie sie, und weil wir leider nicht fliegen konnten wie das Huhn, trampelten wir wie die Jungs die Treppe hinunter.

Aber kurz vor der Haustür wurden wir aufgehalten: Aris und Karis Papa streckte den Kopf aus der Küche und fragte, was denn in die Jungs gefahren sei, dass sie ihrer Mama unbedingt Otto suchen helfen wollten, das könne die doch allein.

»Otto?«, fragte ich.

»Eins von unseren Pferden«, erklärte uns Aris und Karis Papa. »Der alte Otto ist schon ewig nicht mehr über den Zaun gesprungen, aber jetzt wollte er's offenbar noch mal wissen.«

»Und warum will Ihre Frau dann zum Baumhaus?«, fragte ich.

»Weil man von dort am besten sieht, wo der alte Schlaumeier sich versteckt«, sagte Aris und Karis Papa.

Und dann mit gerunzelter Stirn und gekräuselter Nase: »Riecht ihr das auch?«

»Das Gemüse«, sagte Ria.

Und Aylin: »Im Ofen.«

Seitdem weiß ich, was Lehrer sagen, wenn ihnen Essen anbrennt, aber ich verrate es nicht. Und wahrscheinlich hab ich auch nicht alles gehört, denn wir Mädels rannten jetzt weiter, und seitdem weiß ich noch was, nämlich dass einem nicht nur vor etwas mulmig sein kann, wovon man wegrennt. Wir rannten ja zu dem Baumhaus hin, und mir war trotzdem mulmig, weil wir nicht wussten, was uns dort erwartete. Was, wenn Ari und Kari ihre Mama nicht hatten aufhalten können? Auch nicht mit Kaisa-Liisas Hilfe? Dann würde sie (Aris und Karis Mama jetzt) den Saurier entdecken, klar. Und was passierte dann mit ihm? Wohl kaum das, was Ari und Kari sich für ihn wünschten. Und wir Mädels wünschten uns das ja auch!

Ungefähr so weit war ich mit meinen Gedanken, als wir an der Scheune vorbeirannten und Ria plötzlich eine Hand hinters Ohr legte.

»Man hört gar nichts mehr«, japste sie.

»Doch«, sagte Aylin. »Bleibt mal kurz stehen und seid still!«

Ehrlich gesagt, kam uns Aylins Vorschlag, stehen zu bleiben, ganz gelegen, aber Ria und ich hörten trotzdem nichts. Oder nur unser Schnaufen. Aylin schnaufte kein bisschen, und wie sich herausstellte, hatte sie recht. Als Ria und ich den Atem anhielten, hörten wir es auch: Schritte! Aber nicht nur. Da waren auch dumpfe Geräusche, als würde zwischen den Bäumen auf der Streuobstwiese etwas Großes, Schweres auf den Boden stampfen. Für einen kurzen (aber wirklich nur kurzen!) Moment musste ich an große, schwere Saurier denken, obwohl ich natürlich wusste, was für ein Unsinn das war. Dann sah ich es auch schon. Dass das mit den Sauriern Unsinn war, meine ich.

Da kamen keine Saurier. Da kamen erst zwei Jungs, die bis über beide Ohren grinsten, dann unsere Rektorin, die immer nur den Kopf schüttelte, als könnte sie irgendwas nicht glauben, dann ein schweres, altes Pferd, das nur Otto sein konnte – und auf dem Rücken des

Pferdes saß wie einer der komischen Vögel, die auf Nashörnern spazieren reiten und ihnen das Ungeziefer aus der Haut picken, Kaisa-Liisa.

Falls jemand wissen möchte, wie ein Huhn aussieht, das vor Stolz bald platzt: so wie Kaisa-Liisa jetzt gerade.

8.

Wer versteckte Pferde findet, findet auch versteckte Riesenhasen

Das Essen war dann nicht ganz verbrannt, nur ein bisschen die Möhrenenden und ein paar dünne Stücke Brokkoli. Ich weiß das, weil wir wirklich zum Essen blieben. Wir sagten nur unseren Eltern Bescheid, weil wir eigentlich um sechs zu Hause sein sollten. Es wurde aber gar nicht viel später.

»Wir essen so früh zu Abend, damit wir hinterher noch mal in Ruhe nach den Tieren sehen können«, erklärte uns Aris und Karis Mama, als wir alle zusammen am Tisch saßen.

Am Anfang kam es mir ein bisschen komisch vor, bei unserer Rektorin zu Hause am Abendbrottisch zu sitzen, aber dann war es richtig nett und lustig, und ich wurde nur einmal kurz nervös, als Aris und Karis

Papa plötzlich wissen wollte, was denn in den alten Otto gefahren sei, dass er sich plötzlich wieder aufführe wie in seinen wildesten Zeiten. Da sagte Aris und Karis Mama nämlich, dass gerade die ganze Pferdebande etwas durch den Wind sei, und wenn sie nicht wüsste, dass es in unserer Gegend keine Wölfe oder Bären gibt, würde sie fast denken, dass sich irgendwas in der Nähe herumtreibt, was ihnen nicht geheuer ist.

So gefährlich, wie ich erst dachte, wurde die Sache aber gar nicht, weil Aris und Karis Papa zwar die Stirn runzelte, aber anscheinend nur, damit der Witz, den er machen wollte, umso komischer wurde.

»Vielleicht hat sich ja ein Riesenhase hierherverirrt«, sagte er immer noch mit der gerunzelten Stirn, und als sich die ganze Familie Aalto schlapplachte, lachten auch wir Mädels mit.

(Falls ich's noch nicht erwähnt habe: Aalto heißt unsere Rektorin mit Nachnamen.)

»Ich weiß, was wir machen, um es rauszukriegen«, sagte Ari, als sich alle wieder beruhigt hatten.

»Waf?«, fragte Kari mit vollem Mund.

»Wir schicken Kaisa-Liisa los«, sagte Ari. »Wer versteckte Pferde findet, findet auch versteckte Riesenhasen.«

»Natürlif nur, wenn ef Riefenhafen gibt«, sagte Kari immer noch mit vollem Mund.

Und weil ihr Papa nicht wirklich verstand, wovon sie redeten, erzählten ihm Ari und Kari, dass es Kaisa-Liisa gewesen war, die Otto in der hintersten Ecke der Streuobstwiese aufgespürt und so laut gegackert hatte, dass ihre Mama es bis fast zur Scheune hörte und gar nicht erst ins Baumhaus zu klettern brauchte, um nach dem Ausreißer Ausschau zu halten.

»Sowieso hätten wir das für sie gemacht«, sagte Ari.

»Ftimmt«, sagte Kari, dem es anscheinend Spaß machte, mit vollem Mund zu reden.

»Er meint *ftimmt*«, sagte Ari, der sich gerade eine halbe Möhre aufgespießt und in den Mund geschoben hatte.

So albern ging das die ganze Zeit, und erst auf dem Heimweg wurden wir Mädels wieder ernst. Genauer gesagt, war es an der Stelle, wo die kleine Allee in die Landstraße mündet. Als wir dort anhalten und ein Auto vorbeilassen mussten, fragte mich Ria:

»Und? Hast du schon einen Plan?«

Und ich: »Nein.«

Dann war das Auto vorbei, und wir radelten weiter. Jetzt kann man sich beim Hintereinanderradeln sowieso nicht gut unterhalten, aber ich glaube, zu dem Zeitpunkt wäre uns auch nicht viel eingefallen. Die Sache mit dem Saurier war einfach schrecklich verzwickt, und jedenfalls bei mir ist es so, dass ich über verzwickte Sachen erst mal allein nachdenken muss. Das sagte ich Ria und Aylin dann auch, als sie vor unserem Haus noch kurz mit mir anhielten.

»Geht mir genauso«, sagte Ria.

Und Aylin nur: »Logisch.«

Dann radelten sie weiter, und ich ging ins Haus, sagte Mama und Papa im Wohnzimmer guten Abend und verzog mich gleich auf mein Zimmer.

»War's schön bei den Aaltos?«, rief Mama mir noch hinterher.

Und ich, schon mit einem Fuß auf der Treppe in den ersten Stock: »Ja. Die leben dort mit Pferden und allem wie auf einem kleinen Bilderbuchbauernhof.«

»Wer?«, fragte mein großer Bruder Mikko, der genau da die Treppe herunterkam.

»Die Aaltos«, sagte ich.

»Du warst bei eurer Rektorin?«, fragte er ungläubig.

»Mit Ria und Aylin, ja.«

»Und was wolltet ihr da?«

»Uns einen Saurier anschauen«, sagte ich.

Und er: »Stimmt ja, die Aaltos züchten welche.«

So ist das bei mir zu Hause. Wenn sie was nicht wissen sollen, brauche ich es nur zu erzählen. Dann wollen sie es entweder nicht hören, oder sie machen Witze.

9.

Im Ernst jetzt: ein Flugsaurier in einem See?

An dem Abend lag ich so lange angezogen auf dem Bett, bis Mama ins Zimmer kam und fragte, ob ich bis morgens so liegen bleiben wolle. Sie hatte wohl gemerkt, dass ich noch nicht im Badezimmer gewesen war.

»Nein, nein«, sagte ich und ging Zähne putzen. Aber danach lag ich wieder genauso da, auch noch, als es dunkel wurde.

Und kam mir endlich eine Idee? – Ja. Sogar mehr als eine. Aber es waren alles nur welche, wie wir den Saurier aus dem Baumhaus herausbekommen konnten.

Zum Beispiel konnten ihn Ari und Kari ein oder zwei Tage nur ganz wenig füttern und ihm dann einen fetten Berg Mehlwürmer unter den Baum legen. Dann war nur die Frage, ob sich Flugsaurier Strickleitern hinunterzuklettern trauen. Wenn nicht, konnte man den Berg Mehlwürmer auch so hinlegen, dass der Saurier ihn vom Fenster aus sah. Vielleicht traute er sich dann schon zu fliegen und flog zu den Leckerchen hin. Oder wir bauten Kaisa-Liisa in den Plan ein, und sie machte ihm das Fliegen vor, wie es sonst vielleicht seine Eltern gemacht hätten. Wie genau das bei den Sauriern war (oder ist), kann man ja nicht wissen.

Nachdem ich mir alles ein paarmal hin und her überlegt hatte, schien mir der Plan mit Kaisa-Liisa der beste zu sein. Aber die große Frage war auch da: Was dann?

Wo, um Himmels willen, sollte der Saurier hin? Klar, wir hätten ihn auch einfach seinem Schicksal überlassen können. Ihn zur Not auch verscheuchen, wenn er nicht freiwillig davonflog. Vielleicht hätte dazu schon Flocke gereicht. Als die Erde noch voller Saurier war, gab es ja noch keine Hunde, wie ich inzwischen weiß. Gut möglich also, dass ihn schon eine müde alte Schlafmütze wie Flocke erschreckte.

Aber genau das wollten wir ja nicht! Den armen Saurier einfach seinem Schicksal überlassen, meine ich. Niemals! Schon den Gedanken fand ich so entsetzlich, dass ich noch im Schlaf den Kopf geschüttelt haben muss. Jedenfalls standen mir morgens die Haare in alle Richtungen ab, und Papa wollte wissen, ob ich schlecht geträumt hätte.

»Nur von den Sauriern, die sie bei den Aaltos züchten«, witzelte Mikko, und ich streckte ihm die Zunge raus, obwohl ich noch Müsli im Mund hatte. Ich weiß, dass ihn das ekelt, und er beschwerte sich auch gleich.

»Habt ihr das gesehen?«, fragte er Mama und Papa, und das hatten sie natürlich.

Aber Mama sagte nur: »*Du* hast angefangen.«

Und Papa: »Also geschieht's dir recht.«

Unsere Eltern wollen meine Geschichten nicht hören, aber sonst kann ich mich ehrlich nicht über sie beklagen.

Und auch Mikko war nur kurz sauer auf mich. Als wir nebeneinander auf unsere Fahrräder stiegen und mir der Rucksack auf dem Gepäckträger verrutschte, richtete er ihn mir wieder gerade, damit ich nicht noch mal absteigen musste.

»Du bist mein Lieblingsbruder«, sagte ich.

Und er, obwohl ich gar keinen anderen habe: »Das will ich hoffen!«

Den kleinen Witz hab ich mir übrigens Ria abgelauscht, die auch nur einen Bruder hat, aber einen kleinen. Paavo heißt er und geht in die Zweite. Ria erzählt immer, dass er superschlau ist, aber manchmal auch ein nerviger kleiner Klugscheißer. Das heißt, so hat sie *vor* der Sache mit dem Saurier von ihm gesprochen. Das mit dem nervigen kleinen Klugscheißer hab ich seitdem nicht mehr von ihr gehört. Der superschlaue Paavo kannte nämlich nicht nur den einzigen Ort auf der ganzen Welt, wo vielleicht noch Saurier leben, sondern er hat ihn Ria auch verraten.

Dass Ria was Wichtiges wusste, sah man an dem Morgen schon von Weitem: Ich hatte Aylin abgeholt, und als wir zusammen angeradelt kamen, winkte sie, als wären wir sonst an ihr vorbeigefahren.

»Ich hab's!«, rief sie, als wir noch ausrollten und einen Fuß vom Pedal nahmen, um kurz anzuhalten.

»*Was* hast du?«, fragte ich.

»Ich hab euch doch erzählt, dass Paavo sich wahnsinnig gut mit Sauriern auskennt …«

»Hast du *nicht*«, sagte Aylin.

»Dann erzähl ich's eben jetzt. Jedenfalls hab ich ihn

gefragt, ob es wohl irgendwo auf der Welt noch Orte gibt, wo Saurier leben, und er hat gesagt, wenn überhaupt, dann gibt es höchstens einen, also Ort jetzt …«

»Und wo soll das sein?«, fragte ich, als ich merkte, dass sie es spannend machen wollte.

»In Schottland«, sagte Ria. »In einem See namens Loch Ness. Paavo sagt, es gibt Leute, die gesehen haben wollen, wie dort ein Ungeheuer den Hals und den Kopf aus dem Wasser streckt. Man nennt es das Ungeheuer von Loch Ness, aber wenn die Leute nicht spinnen, kann es eigentlich nur ein Saurier sein.«

»Im Ernst jetzt: ein Flugsaurier in einem See?«, fragte Aylin.

»In dem See hat man ihn *gesehen*. Vielleicht lebt er auch an Land und geht nur gern schwimmen«, sagte Ria fast ein bisschen beleidigt. »Hauptsache Saurier, oder?«

»Finde ich auch«, gab ich ihr recht. »Und welche Saurier mit welchen gut auskommen, wissen wir sowieso nicht.«

Dagegen konnte auch Aylin nichts sagen, und außerdem mussten wir los, damit wir nicht zu spät kamen.

Mit Ari und Kari hatten wir ausgemacht, dass wir in der großen Pause besprechen, wie es weitergeht, aber sie passten uns schon bei den Fahrradständern ab.

»Und?«, fragte Ari.

»Ist euch was eingefallen?«, fragte Kari.

»Ja«, sagte Ria. »Mein kleiner Bruder …«

»In der großen Pause dann!«, fiel ich ihr ins Wort.

Und Aylin lächelnd: »Die Besten können warten – alte Judoweisheit.«

Aber du liebe Güte, den Jungs fiel das Warten schwer, das merkte man die ganze Zeit. Sie konnten sich auf nichts konzentrieren und schauten ständig zu uns her, sogar noch, als sich Frau Hämäläinen genau vor ihren Tisch stellte. So ging das in der ersten Stunde in Naturkunde, und in der zweiten, in Mathe, wurde es noch schlimmer. Da rutschten sie auf ihren Stühlen immer tiefer und sahen aus, als wären sie mit ihren Gedanken überall, nur nicht beim Unterricht. Wir wunderten uns, wie viel Geduld Frau Hämäläinen mit ihnen hatte, und als sie auch noch von Aris und Karis Tisch wegging, dachten wir schon, sie hätte es für heute aufgegeben.

Aber dann drehte sie sich plötzlich zu den beiden um und stellte ihnen ein richtig fieses Zahlenrätsel.

»Ich denke mir eine Zahl, wenn ich die mit sieben multipliziere und zwei dazuzähle, erhalte ich 51. – Wie heißt meine Zahl? Ari? Kari?«

Und die beiden, mit den Köpfen gerade noch über der Tischkante und in einem Ton, als gäbe es echt nichts Langweiligeres auf der Welt als richtig fiese Zahlenrätsel: »Sieben.«

Frau Hämäläinen sah aus, als säßen auf Aris und Karis Plätzen nicht die beiden, sondern Gespenster, die zufällig auch noch Rechenkünstler waren.

»Das stimmt«, flüsterte Ria, die bei uns in der Klasse das Mathegenie ist.

»Ich hab's gewusst«, flüsterte Aylin.

»Gib nicht so an!«, flüsterte Ria.

»Dass die sich die ganze Zeit nur verstellen, meine ich«, flüsterte Aylin.

Dann klingelte es zur großen Pause, und auf dem Weg ins Freie erzählte Aylin, sie sei sich schon gestern sicher gewesen, dass die beiden in der Schule nur Theater spielten und in Wirklichkeit überhaupt keine Dödel waren. Und auch keine Angeber, denn bei sich zu Hause hätten sie nicht nur jede Menge schlaue Sachen gesagt, sondern auch kein bisschen angegeben.

»Sie waren sogar witzig, und das sind Angeber nie«, fiel mir ein.

»Stimmt«, sagte Ria. »Höchstens peinlich.«

Dann holten uns die beiden ein, und für den Rest der Pause hielten wir eine Besprechung ab. Wir waren uns schnell einig, dass meine Idee mit Kaisa-Liisa, die dem Saurier das Fliegen vormachte, spitze war und wir es so versuchen wollten. Blieb nur die Frage, wie der Saurier vom Wald hinter der Streuobstwiese der Aaltos an den See mit dem komischen Namen in Schottland kommen sollte, denn dass er da am besten aufgehoben war, leuchtete uns auch allen ein.

»Eigentlich sollte er als Flugsaurier so weit fliegen können«, fand Ari.

»Er kann unterwegs ja Pausen einlegen«, fand Kari.

»Zwischen hier und Schottland ist aber zweimal Meer: die Ostsee und die Nordsee«, sagte Ria, und als wir uns alle wunderten, woher sie das wusste, gab sie zu, dass sie schon auf dem Globus nachgeschaut hatte.

»Gut, dann sind wir wieder ein bisschen schlauer«, sagte ich. »Jetzt müssen wir dem Saurier nur noch den genauen Weg verklickern, damit er sich nicht verfliegt.«

Es sollte ein Witz sein, nur sah es erst so aus, als würden es die Jungs nicht checken. Sie runzelten die Stirn und schauten so ernst, dass ich ihnen den Witz schon erklären wollte, aber dann strahlte Ari plötzlich und sagte:

»Ich hab's!«

»Ich auch!«, sagte Kari und strahlte genauso.

»Nicht dem Saurier!«, sagte Ari.

»Sondern Kaisa-Liisa!«, sagte Kari.

In genau dem Moment klingelte es, und die Pause war zu Ende. Aber was die beiden meinten, war ja klar. Fragte sich nur, ob die Idee genial war oder der größte Quatsch aller Zeiten.

10.

Ich bin so eine Tröte!

An dem Tag hatten wir den ganzen Nachmittag frei und aßen alle fünf nur noch in der Schule zu Mittag, dann wollten wir zusammen zu Ari und Kari nach Hause radeln. In der Cafeteria gab es natürlich ein bisschen Getuschel, weil es das erste Mal war, dass Ria, Aylin und ich mit den Aalto-Zwillingen an einem Tisch saßen und auch noch ganz normal mit ihnen redeten. Aber das Getuschel hatte es auch schon in der großen Pause gegeben, und es war uns so egal wie nur was. Wir hatten ganz andere Sorgen, und die größte war immer noch, wie wir es hinkriegten, dass der Saurier diesen See in Schottland fand. Aris und Karis Idee aus der Pause war ja, dass wir nicht ihm, sondern Kaisa-Liisa den Weg dorthin erklärten.

»Und dann?«, fragte ich.

»Dann erklärt Kaisa-Liisa ihn dem Saurier«, sagte Ari.

»Wenn jemand sich mit ihm verständigen kann, dann sie«, sagte Kari.

Da war natürlich was dran, denn erstens hatte sie ihn ausgebrütet, zweitens kümmerte sie sich seitdem um ihn, und drittens waren sie als Huhn und Saurier entfernte Verwandte.

»Mal angenommen, es funktioniert so«, sagte ich. »Wie genau erklären wir dann Kaisa-Liisa den Weg?«

»Habt ihr einen Globus zu Hause?«, fragte Ria die Jungs.

Logisch hatten sie einen. Er stand sogar in ihrem Zimmer, und wir Mädels hatten nur nicht darauf geachtet. Aber kapierte ein Huhn einen Globus? Das konnte man nicht wissen, aber wenn überhaupt ein Tier, dann doch wohl am ehesten ein Vogel, der es gewohnt war, die Welt von oben zu sehen. Also würden wir es mit dem Globus versuchen.

Blieb aber immer noch, Kaisa-Liisa zu erklären, was es mit dem Ungeheuer von Loch Ness auf sich hatte.

Wir fanden, das ginge am besten mit einem Buch, in dem es ein Bild von dem Ungeheuer gab. Und vielleicht auch einer Karte von der Umgebung des Sees, damit man wusste, wie er von oben aussah. Für den Globus war er ja viel zu klein, das hatte Ria extra nachgeschaut. Wo bekamen wir also ein Buch über das Ungeheuer von Loch Ness her? Bei der Frage waren wir gerade, als sich Aylin plötzlich mit dem Finger an die Stirn tippte.

»Ich bin so eine Tröte! Warum ist mir das nicht früher eingefallen?!«, sagte sie so laut, dass die Jungs und Mädels an den Nachbartischen endlich einen Grund hatten, nicht mehr nur zu uns herzuschielen, sondern uns ganz offen anzustarren.

»*Was* eingefallen?«, fragten wir zu viert, als wären wir ein kleiner Schulchor, allerdings ein ganz leiser, damit Aylin nicht so laut weiterredete.

Und sie im Flüsterton: »Dieses Loch Ness: Wir kaufen die Tickets zu Oma und Opa in der Türkei doch immer im Reisebüro – da hing letztes Jahr ein Plakat für Urlaub in Schottland, auf dem war es drauf. *Mit dem Ungeheuer!*«

Danach haben wir den Nachtisch nur deshalb nicht stehen lassen, weil es Heidelbeerquark war, den man einfach nicht stehen lassen *kann*. Aber so schnell wie diesmal hatten wir ihn bestimmt noch nie gegessen.

Was wir nicht wussten, war, dass die Frau, der das kleine Reisebüro bei uns in Kaninkorva gehört, bis zwei Uhr Mittagspause macht. Als wir dort ankamen, war es Viertel vor, also drückten wir eine Viertelstunde lang die Stirn gegen die Schaufensterscheibe, schirmten mit den Händen das Sonnenlicht ab und konnten das Plakat, von dem Aylin gesprochen hatte, trotzdem nicht entdecken. Da drinnen hingen nur welche mit Palmen und weißen Stränden in Ländern, in denen es wärmer ist als in Finnland.

»Es war ja auch schon letztes Jahr, dass ich's gesehen habe«, sagte Aylin, als sie merkte, dass wir anderen sie immer mal wieder fragend anschauten.

Die meiste Zeit starrten wir aber durch die Scheibe, als wäre in dem Reisebüro das Ungeheuer von Loch Ness in echt zu sehen. So war es auch noch, als die Reisebürofrau von ihrer Pause zurückkam. Das heißt, erst hörten wir nur ihr schallendes Lachen und wussten gar nicht, wer es war.

»Na, das ist mal ein Andrang heute!«, sagte sie, als wir uns nach ihr umdrehten. Dann erkannte sie Aylin und fragte mit einem Blick in die Runde: »Wollen die alle mit zu deinen Großeltern?«

Und Aylin: »Ja, aber erst muss ich ihnen noch Türkisch beibringen. Heute wollten wir Sie nur was fragen.«

»Nämlich?«, fragte die Frau und schloss, immer noch lachend, die Eingangstür auf.

»Letztes Jahr hing hinter Ihrem Schreibtisch so ein Plakat für Urlaub in Schottland …«

»Du meinst das mit dem Ungeheuer von Loch Ness?«

»Ja. Haben Sie das noch? Die zwei …« Aylin zeigte auf Ari und Kari. »… also die interessieren sich für Ungeheuer und all so was, und ich hab ihnen versprochen zu fragen, ob sie's vielleicht haben können. Das Plakat jetzt.«

»Und ich dachte schon, das Ungeheuer«, sagte die Frau, und diesmal war ihr Lachen so ansteckend, dass man gar nicht anders konnte, als mitzulachen. Sie hielt uns die Tür auf, und drinnen sollten wir kurz warten.

»Die schönsten Plakate bewahre ich immer auf, und wisst ihr was, ihr Glückspilze?«, sagte sie. »Das mit dem Ungeheuer von Loch Ness zählt dazu!«

Dann verschwand sie und kam wenig später mit einem zusammengerollten Plakat zurück. Als sie es langsam auseinanderrollte, wurde es mit jedem Zentimeter besser: Oben auf dem Plakat stand: »Schottland – Ur-

laub, wo es noch Abenteuer gibt«. Klar, das war noch nicht so prickelnd. Aber dann kam der See mit dem Ungeheuer, das wirklich aussah wie ein Saurier, von dem vorne der Kopf auf einem extralangen Hals und dahinter ein gewaltiger Rücken aus dem Wasser schauten.

Der See, das Ungeheuer – fehlte nur noch die Karte, und die kam ganz unten links in der Ecke. Sie zeigte die Gegend in Schottland, wo der See liegt, und man konnte gut erkennen, wie er von oben aussieht: wie ein dicker Stock, von dem jemand auf einer Seite noch zwei dünnere Stöcke abgebrochen hat. Wer sich die Karte gut einprägte, konnte Loch Ness eigentlich nicht verpassen.

Wir waren vor Begeisterung so lange sprachlos, dass die Reisebürofrau schon dachte, dass uns das Plakat nicht gefällt. Jedenfalls sagte sie, es sei nun mal ein Reisebüroplakat, darum könne das Ungeheuer leider nicht so schön gruselig aussehen, wie es sich die Jungs vielleicht wünschten. Schließlich solle es Touristen anlocken und nicht vergraulen.

»Nein, es sieht klasse aus!«, sagte Ari.

»Genau so haben wir's uns vorgestellt!«, sagte Kari.

»Schön, dann viel Spaß damit!«, sagte die Reisebürofrau und rollte das Plakat wieder zusammen. »Und wenn ihr das Ungeheuer mal besuchen wollt: Sagt euren Eltern, hier gibt's die Tickets!«

Als wir das Reisebüro verließen, war es Viertel nach zwei, und auf dem ganzen Weg zu Ari und Kari nach Hause fanden wir, dass die Reisebürofrau vollkommen recht hatte und wir wirklich Glückspilze waren. Oder wenigstens eine Glückssträhne hatten. Auch als wir das Plakat im Zimmer der Jungs an die Wand gepinnt hatten, fanden wir das noch. Aber dann holten wir ein altes Spieleimerchen voll Mehlwürmer für den Saurier, und als wir damit zum Baumhaus kamen, sah es aus, als wäre unsere Glückssträhne zu Ende.

Da war der Saurier nämlich weg.

11.

Es kommt von oben!

Ari merkte als Erster, dass etwas nicht stimmte. Wir waren vielleicht noch zehn Schritte vom Baumhaus entfernt, als er plötzlich stehen blieb und sagte, es sei so komisch still.

»Stimmt«, sagte Kari.

Wir Mädels dachten natürlich, den beiden wäre es oben im Baumhaus zu still, und fanden, der Saurier könne doch auch ein Nickerchen machen oder so. Aber dann fragten uns die Jungs, ob wir denn überhaupt was hörten.

»Den Wind«, sagte ich. »Oder eigentlich nur, wie die Blätter an den Bäumen rascheln.«

Und da merkten wir es auch. Dass man sonst *gar nichts* hörte, meine ich. Und an einem sonnigen Frühsommertag mit ringsum Feldern und Wiesen und Wald hätte man *unbedingt* was hören müssen. Vögel zum Beispiel. Oder Hummeln, die durch die Gegend brummen. Aber nichts. Kein Spatz, keine Meise, keine Hummeln. Nicht mal Mücken! Es war richtig unheimlich.

»Und was meint ihr, was das bedeutet?«, fragte ich die Jungs.

»Keine Ahnung«, sagte Ari.

»Aber normal ist es nicht«, sagte Kari.

Dann kletterte Ari die Strickleiter hoch, und kaum hatte er ins Baumhaus hineingeschaut, kam sein Kopf wieder zum Vorschein.

»Er ist weg!«, rief er mit dem Kieksen in der Stimme, das man bekommt, wenn man an einem dicken Kloß im Hals vorbeisprechen muss. Dann sauste er wie der Blitz die Strickleiter herunter.

Und Kari gleich: »Kommt, wir müssen Kaisa-Liisa suchen!«

Das hörte sich logisch an, denn wer sonst sollte wissen, wo der Saurier war? Also stellten wir das Eimerchen Mehlwürmer unter den Baum und rannten zurück zum Hof, aber dort hatten wir Kaisa-Liisa schon vorher nicht gesehen, und auch jetzt war sie nicht da. Die Jungs schauten in den Hühnerstall: nichts. Wir riefen Kaisa-Liisas Namen über den Hof: nichts. Wir riefen in die Streuobstwiese und über die Pferdeweide: auch nichts. Und die Pferde standen regungslos und schauten nicht mal zu uns her.

»Gab's denn im Baumhaus irgendwelche Spuren?«, fragte ich Ari schließlich.

»Ich glaub nicht«, antwortete Ari, aber ich wollte es genauer wissen.

Also rannten wir noch mal zum Baumhaus zurück, und diesmal kletterte *ich* die Strickleiter hoch. Ich hätte gar nicht sagen können, was für Spuren ich zu finden hoffte, aber *irgendetwas* musste da oben ja passiert sein, und wo was passiert, gibt es normalerweise auch Spuren.

Ich war vielleicht eine Armlänge vom Einstieg ins Baumhaus entfernt, als ich ein fernes Rauschen hörte. Stromschnellen rauschen so, wenn man sich ihnen nähert, aber im weiten Umkreis von Kaninkorva gibt es keine Stromschnellen, und sowieso bewegte ich mich nach oben und näherte mich höchstens den Wolken.

»Hört ihr das?«, rief ich nach unten.

»Es kommt von oben!«, rief Ria zurück.

Dann kam es auch schon. Besser gesagt, dann kamen *sie*. Erst wurde das Rauschen stärker, dann hörte man eine heisere Vogelstimme, dann krachten und knackten Zweige, als bräche ein wütender Elch durchs Unterholz, nur dass die Geräusche von oben kamen, und dann sah ich sie: den Saurier, wie er sich mit lang gestrecktem Hals und weit ausgebreiteten Flügeln einen Weg durch die Baumwipfel bahnte, und dicht hinter ihm Kaisa-Liisa, die Laute von sich gab, die man einem Huhn nicht zugetraut hätte. Es hörte sich an, als würde sie mit dem Saurier schimpfen, dass er gefälligst aufpassen und nicht halbe Baumkronen abrasieren sollte.

Es war so komplett verrückt, dass ich erst gar keine Angst hatte, obwohl ich ja an einer schwankenden Strickleiter hing und die beiden direkt auf mich zuflogen. Ich weiß noch, wie ich dachte: Ups, der ist ja gar nicht so groß wie ein Schwan! Der ist ja ein ganzes Stück größer!

Als ich dann doch den Kopf einzog, war es viel zu

spät, und als ich einen starken Windstoß spürte, konnte ich nur die Augen zukneifen und warten, was passiert.

Oh Mist!, dachte ich, dann gab es ein mächtiges Gerumpel, und die Strickleiter schwankte noch ein bisschen mehr als zuvor, aber das war es auch schon.

Als ich vorsichtig die Augen aufmachte, sah ich über mir ein Stück Saurierflügel aus dem Einstiegsloch des Baumhauses ragen, und neben mir schwebte eine schwarz-weiße Hühnerfeder in die Tiefe. Als ich ihr nachschaute, sah ich vier in den Nacken gelegte Köpfe mit weit aufgerissenen Mündern und Augen.

»Habt ihr das gesehen?«, fragte ich, und klar, eine blödere Frage hätte ich kaum stellen können.

Aylin fragte auch gleich zurück: »Nein, was denn?«

Aber natürlich waren wir alle begeistert. Worüber wir lange nachgedacht hatten, das hatte Kaisa-Liisa einfach gemacht: Sie hatte dem Saurier das Fliegen beigebracht. Als ich bei den anderen unten angekommen war, sah ich sie oben im Baumhausfenster sitzen.

»Sie sieht zufrieden aus«, sagte ich, und genau in dem Moment ging um uns herum das Gezwitscher und Gebrumme und Gesumme eines Frühsommernachmittags los. Es war, als hätten die Tiere vor Schreck den Atem angehalten, bis der Saurier wieder in seinem Baumhaus

saß. Abends entdeckte ich dann jede Menge Mückenstiche an meinen Armen, und sie machten mir ausnahmsweise überhaupt nichts aus.

Jetzt war aber noch Nachmittag, und wir überlegten, ob wir Kaisa-Liisa auch gleich die Route auf dem Globus und das Plakat zeigen sollten. Die Jungs sagten, sie bräuchten nur das Fenster in ihrem Zimmer offen zu lassen, dann komme sie meistens geflogen, aber sie wollten sie lieber nicht schon wieder stressen.

»Ich finde, sie hat sich erst mal Mehlwürmer satt verdient«, sagte Ari, und Kari nahm das Eimerchen, das immer noch unter dem Baum stand, und hielt es so, dass Kaisa-Liisa es von oben sehen konnte.

Sie zögerte keinen Moment und kam in einem kleinen Halbkreis zu uns heruntergeflogen. Kari stellte das Eimerchen wieder ab, und sie landete genau davor. Dann schaute sie erst auf uns, dann in den Eimer und dann hinauf zum Baumhaus. Sie musste es zweimal machen, bis wir es kapierten: Sie wollte, dass wir das Eimerchen mit den Mehlwürmern nach oben bringen.

Aylin übernahm das dann, und Kaisa-Liisa flog inzwischen wieder nach oben. Nur setzte sie sich diesmal nicht ins Fenster, sondern hüpfte ins Baumhaus hinein. Als Aylin nach unten kam, erzählte sie, Kaisa-Liisa füttere den Saurier wie ein Vogeljunges. Anscheinend sei der Arme zu erschöpft, um selbst zu fressen.

Danach waren wir alle eine Weile so still wie vorher die Vögel und Hummeln und Mücken, aber nicht, weil wir vor Schreck den Atem anhielten, sondern weil wir unsere Tränen runterschlucken mussten. So war das, und wer Tränen kitschig findet, dem kann ich leider nicht helfen.

Ich hab dann auch noch die schöne schwarz-weiße Feder aufgehoben, die an mir vorbeigeschwebt war. Sie steckt jetzt an einem ausgefransten alten Strohhut, der in meinem Zimmer an der Wand hängt. Den Strohhut hab ich Tante Elsa abgeschwatzt, die leider sehr weit von uns weg wohnt, und immer wenn ich zu ihm hinschaue, geht's mir gut, weil ich dabei gleichzeitig an meine Lieblingstante und an mein Lieblingshuhn denke.

12.

Das wird ja ein paar Tage dauern

Das alles passierte am Donnerstag, und danach hieß es warten, wie lange Kaisa-Liisa brauchte, um sich alles einzuprägen, was sie dem Saurier erklären sollte. Am Freitag in der Schule erzählten Ari und Kari, dass sie nachmittags mal sehen wollten, ob Kaisa-Liisa kam, wenn sie das Fenster offen ließen. Sie fragten, wie es mit uns Mädels sei, aber am Freitag war blöd, weil wir bis drei Unterricht hatten und gleich anschließend zu Emilias Geburtstagsparty eingeladen waren.

»Macht ja nichts«, sagte Ari.

»Das wird ja ein paar Tage dauern«, sagte Kari.

Klar. Und bis der junge Saurier alles kapierte, würden sicher noch mal ein paar Tage vergehen. Wenn nicht sogar Wochen!

Das war's, womit wir alle rechneten, und es stellte

sich als ein einziger großer Irrtum heraus. Es war so falsch, dass ich bei ein paar Sachen, von denen ich gleich erzähle, gar nicht selbst dabei war und nur wiedergeben kann, was andere *mir* erzählt haben. Diese anderen waren Ari und Kari, was niemanden überraschen dürfte. Aber dann war es auch mein Papa, der ja von Geschichten wie der mit dem Saurier nichts wissen will. Ich konnte es erst selbst nicht glauben, aber so war's.

Es begann am Freitag damit, dass Kaisa-Liisa tatsächlich bei Ari und Kari ins Zimmer geflogen kam und sich ohne einen Mucks erst die Flugroute und dann die Sache mit dem Ungeheuer von Loch Ness erklären ließ. Sie schaute nur immer mal schräg nach oben, wenn die Jungs den Globus zu schnell drehten oder vor dem

Plakat zu schnell und viel durcheinanderredeten, aber meistens nickte sie, dass sie alles verstanden habe.

Das war am Freitag, und am Samstag ließen die Jungs das Fenster wieder offen, nur dass sie da dies und das zu erledigen hatten: erst schnell den Saurier füttern, dann aber auch mit ihrer Mama die Pferdeboxen ausmisten und mit ihrem Papa die Holzkisten sauber machen, die sie später im Sommer und im Herbst für die Obsternte brauchen würden. Bei den Aaltos müssen ja alle mithelfen, sonst könnten eine Rektorin und ein Konrektor unmöglich nebenher noch die Arbeit auf einem kleinen Bauernhof schaffen.

Als die Jungs den Saurier fütterten, kam Kaisa-Liisa geflogen und schaute vom Baumhausfenster aus zu, aber später am Tag kriegten sie das Huhn nicht mehr zu Gesicht. Da entdeckten sie nur, auf was für eine Wahnsinnsidee es gekommen war, nämlich irgendwann im Lauf des Nachmittags, als auf dem Hof alle beschäftigt waren, den Saurier mit ins Zimmer der Jungs zu nehmen. Und ein Saurier gehört dort eben nicht hin!

Ich hab's selbst nicht gesehen, aber so wie Ari und

Kari es beschrieben, hatten sie hinterher zum ersten Mal ein richtiges Jungszimmer mit Schulkram auf dem Fußboden und überall verstreuten Büchern, aber vor allem mit Betten, die aussahen, als hätte sich ein Rudel Wölfe ums beste Kopfkissen gerauft. Und natürlich kamen, als die Jungs schnell aufräumen wollten, ihre Eltern ins Zimmer.

Das heißt, erst kam nur ihr Papa, weil sie im ersten Schreck nicht gehört hatten, wie er sie zum Abendessen rief. Aber er holte auch gleich ihre Mama, und dann kam die Überraschung, dass die beiden Erwachsenen sich vor Lachen kringelten, weil sie dachten, ihre superordentlichen Jungs wollten ihnen nur einen lustigen Streich spielen. Erst als sie zwischen den verstreuten Büchern zwei Paar zerfetzte Hausschuhe entdeckten, fanden sie das Ganze nicht mehr so lustig. Das sei nun doch ein bisschen übertrieben, sagten sie, und die Jungs waren clever und entschuldigten sich zerknirscht, sie wüssten gar nicht, was da plötzlich in sie gefahren sei, und so einen Quatsch würden sie bestimmt nicht wieder machen. Uns Mädels erzählten sie später, ihnen sei erst ganz schön flau gewesen, weil ihnen selbst so schnell gar keine Erklärung für das Chaos in ihrem Zimmer eingefallen wäre.

Das war also am Samstag, und am Sonntagmorgen war das Zimmer immer noch nicht ganz aufgeräumt, als Kaisa-Liisa ans Fenster pickte. Eigentlich wollten es die Jungs erst nachmittags wieder offen stehen lassen (und klar: vorsichtshalber dableiben), aber natürlich ließen sie Kaisa-Liisa herein. Dann machten sie das Fenster wieder zu, und weil das Huhn nicht protestierte, waren sie sich sicher, dass der Saurier nicht nachkommen würde.

Er kam tatsächlich nicht, und auch Kaisa-Liisa blieb nicht lange. Den Jungs kam es eher so vor, als wollte sie nur noch einen letzten Blick auf den Globus und das Plakat werfen, ungefähr so, wie man vor einem Test noch mal über alles drüberschaut, was drankommen könnte, auch wenn man's eigentlich schon gut kann. Gleich danach flatterte sie zum Fenster, und die Jungs ließen sie wieder raus.

Das war, wie gesagt, am Sonntagvormittag. Danach gingen die Jungs den Saurier füttern, und Kaisa-Liisa kam hinterhergeflogen und schaute nicht nur zu, sondern ließ sich selbst ein paar Mehlwürmer schmecken. Aber nachmittags, als Ari und Kari ihr Fenster offen ließen, kam sie nicht. Und der Saurier auch nicht, aber das war den Jungs nur recht.

Am Nachmittag passierte also nichts. Genauer gesagt, passierte bei Ari und Kari nichts. Bevor sie zum Abendessen nach unten gingen, machten sie das Fenster zu, und das war ungefähr um die Zeit, als bei uns zu Hause was passierte. Oder eigentlich nicht bei uns zu Hause, sondern über unserem Haus, und da kommt jetzt Papa ins Spiel, unfreiwillig, weil er eigentlich nur eine Runde joggen gewesen war und zum Schluss noch ein paar Dehnübungen machen wollte.

Das mit den Dehnübungen nach dem Joggen ist Papa wichtig, weil er sonst Muskelkater bekommt und ihm alles Mögliche wehtut, aber vor allem der Nacken, obwohl man ja mit den Beinen joggt. Bei der Dehnübung für den Nacken faltet man die Hände hinter dem Kopf und beugt sich so weit nach hinten, wie man kann. Dabei schaut man nach oben, und weil Papa die Übung in der Einfahrt machte, war oben der Himmel. Und da sah er etwas, was ihm so unheimlich war, dass er erst gar nicht darüber reden wollte.

13.

Sag mal, ist dir unterwegs ein Geist begegnet?

Ich merkte als Erste, dass mit Papa irgendwas war, weil ich mich, als er ins Haus kam, gerade im Flur aufhielt. Ich hatte oben in meinem Zimmer die Schulsachen für Montag gepackt, als mir plötzlich die Kaisa-Liisa-Feder einfiel, die ich von unter dem Baumhaus mitgenommen hatte. Ich hatte sie ganz vorsichtig unter das weiche Innenpolster meines Fahrradhelms geschoben, und weil der Helm an der Flurgarderobe hing, war ich jetzt unten, um sie zu holen.

Dass mit Papa was war, sah ich an seinem finsteren Gesicht, nur dachte ich da noch, er habe sich vielleicht verletzt oder sei, was auch öfter vorkommt, in Hundekacke gejoggt. Aber Papa ärgert sich eigentlich nie lange über Sachen, und als er sich umgezogen hatte und wir alle beim Abendessen saßen, machte er immer noch dieses Gesicht. Da war ich mir fast sicher, dass mit ihm was anderes sein musste als eine Verletzung oder Hundekacke an seinen Schuhen. Sein Gesicht kam mir jetzt auch nicht mehr finster vor. Ich fand, Papa sah aus wie jemand, der was richtig Gruseliges gesehen hatte und nicht wusste, ob er darüber reden sollte. Genau das fand anscheinend auch Mama und fragte:

»Sag mal, ist dir unterwegs ein Geist begegnet?«

Und Papa nur: »Nein.«

Aber Mama ließ nicht locker.

»So siehst du aber aus«, sagte sie. Und als Papa auf sein Stück gegrillten Lachs schaute, aber Messer und Gabel bestimmt zehn Zentimeter über dem Fisch in der Luft hielt, wurde sie energisch: »Erzähl oder mach ein anderes Gesicht, eins von beiden!«

Und da kam's.

»Na gut«, sagte er. »Ich hab in der Einfahrt Dehnübungen gemacht, und plötzlich denk ich, das gibt's doch nicht …« Er räusperte sich und schaute, immer noch mit dem Besteck in der Luft, auf seinen Fisch. »Es war bei der Nackenübung. Da hab ich nach oben geschaut und ein Huhn und einen Saurier übers Haus fliegen sehen. Ein schwarz-weiß gesprenkeltes Huhn und einen Saurier mit fast durchsichtigen rötlich schimmernden Flügeln. Ich kann nicht sagen, warum, aber ich fand, er sah wie ein Jungtier aus, obwohl es ja auch Flugsaurier gab, die kaum größer wurden als ein Albatros …«

Papa räusperte sich wieder, aber diesmal stach er mit der Gabel in seinen Fisch und trennte sich mit dem Messer ein Stück davon ab.

»Sie sind pfeilgerade nach Westen geflogen, das Huhn voraus und der Saurier hinterher.«

Mama runzelte schon eine ganze Weile die Stirn, aber jetzt sagte sie zum ersten Mal was.

»Und es können nicht zwei Vögel gewesen sein, die irgendwo aus dem Zoo ausgebüxt sind?«, fragte sie.

Und Papa: »Nein. Als kleiner Junge hab ich diese Spielzeugsaurier aus Hartgummi gesammelt, und einer von den Flugsauriern, ein *Pteranodon*, hat haargenau so ausgesehen wie der, den ich …«

Für einen Moment machte er wieder das Gruselgesicht, aber dann lachte er plötzlich.

»Soll ich euch sagen, was das war?«, sagte er. »Eine Halluzination! Ein besonders dämliches Trugbild nach einem *Runner's High*!«

»Hä?«, sagte zum ersten Mal auch mein großer Bruder Mikko was.

»*Runner's High* nennt man das Hochgefühl, wenn das Laufen so leicht geht, dass man wie in einem Rausch ist und denkt, man könnte ewig weiterlaufen«, erklärte uns Papa.

Aber Mamas Stirn blieb gerunzelt.

»Und so was bekommt man auch vom Zwanzig-Minuten-um-die-Häuser-Traben?«, wollte sie wissen.

»Bei mir war's das erste Mal«, gab Papa zu. »Aber woher soll so eine dämliche Halluzination sonst kommen?«

Da musste ihm Mama recht geben, und dabei hätte man es natürlich belassen können. Aber ich fand, ich könnte Papa noch ein bisschen piesacken, und entschuldigte mich, ich müsse kurz auf mein Zimmer, was holen. Klar, es war die Feder.

»Könnte die von dem Huhn sein?«, fragte ich Papa, als ich zurückkam.

Es war ein bisschen fies, ich weiß. Aber er sollte eben mal sehen, dass nicht alles immer so sonnenklar ist, wie er denkt. Oder eigentlich sollten Mama und Mikko es auch sehen. Vielleicht winkten sie dann alle drei nicht mehr gleich ab, wenn ich ihnen meine Geschichten erzählen wollte.

Jetzt gerade starrten sie mich aber nur an, als wäre *ich* das Huhn, das mit dem Saurier übers Haus geflogen war.

»Wo hast du die her?«, fragte Papa.

»Ich war doch unten, als du nach dem Joggen ins Haus gekommen bist …«

Papa nickte.

Und ich: »Da hatte ich in meinem Zimmer das Fenster offen gelassen, und als ich wieder hochkam, lag die Feder innen auf dem Fensterbrett.«

Was dann kam, war eine lange Diskussion über Zufall, wozu man wissen muss, dass Mama als Mathematikerin bei einer Software-Firma arbeitet und Papa zugibt, dass er in Mathe schon immer eine Niete war, weshalb er auch lieber Landschaftsgärtner geworden ist. Er konnte also nicht viel sagen, als Mama ihm vorrechnete, dass ein Zufall wie der mit seinem Trugbild von einem Huhn und einer richtigen Feder auf meinem Fensterbrett zwar sehr unwahrscheinlich ist, aber eben auch nicht völlig ausgeschlossen. Trotzdem sah man Papa an, wie ihm die Sache zu schaffen machte.

Und ich? – Hab ausnahmsweise geschwiegen wie ein Grab. Erst später im Bett kam ich fast genauso ins Grübeln wie Papa. Da fiel mir nämlich ein, dass niemand wusste, wie das Saurierei in den Hühnerstall der Aaltos gekommen war. Hatten sich schottische Saurier nach Finnland verflogen? – Nicht sehr wahrscheinlich, aber auch nicht völlig ausgeschlossen.

14.

Und weiter?

Weiter wurde es Montagmorgen, und als wir Mädels angeradelt kamen, standen die Jungs schon winkend bei den Fahrradständern.

»Sie sind wieder weg!«, rief Ari.

»Alle beide!«, rief Kari.

»Nur diesmal für immer«, sagte ich, während ich vom Fahrrad stieg.

Dann erzählte ich ihnen, was am Sonntagnachmittag bei uns zu Hause los gewesen war, und sie waren erst ein bisschen verschnupft, weil ich Ria und Aylin gleich Bescheid gesagt hatte und ihnen nicht. Aber dazu hätte ich ja wohl ihre Handynummern gebraucht oder wenigstens eine davon, und das sahen sie ein. Wir tauschten die Nummern auch gleich alle, aber dann mussten wir uns schon beeilen, damit wir nicht zu spät kamen.

So erfuhren wir Mädels erst in der großen Pause, was bei Ari und Kari übers Wochenende alles abgegangen war. Es wäre schwer gewesen, über die zerfetzten Hausschuhe nicht zu lachen, aber die Jungs kriegten sich selbst nicht mehr ein, als sie davon erzählten, also konnten auch wir Mädels uns schlapplachen, ohne jemandem (Achtung, Witz!) auf die Füße zu treten.

Viel wichtiger war aber sowieso, dass sich der Saurier auf den Weg gemacht hatte, und wenn Kaisa-Liisa ihn begleitete, dann bestimmt nur, damit er sich nicht verflog. Weshalb man ihr auch nicht böse sein konnte! Wir waren nur traurig, dass sie weg war, und trösteten uns mit dem Gedanken, dass es, wenn auf dem Plakat alles stimmte, in Schottland fast genauso schön sein musste wie bei uns.

»Wir haben ein Foto von Kaisa-Liisa, das könnten wir an der passenden Stelle auf das Plakat kleben«, sagte Ari ein bisschen knödelig.

»Und einen *Pteranodon* drucken wir aus dem Internet aus und kleben ihn dazu«, sagte Kari auch ein bisschen knödelig.

»Wenn ihr wollt, könnt ihr mal vorbeikommen und

es euch ansehen«, sagte Ari, und bis Kari zu Ende genickt hatte, war die Pause um.

Das Plakat haben wir uns noch in derselben Woche angesehen, und es ist wirklich toll. Im Wasser schwimmt das Ungeheuer von Loch Ness, und der Saurier jagt im Sturzflug darauf zu, als wollte er ihm einen gehörigen Schreck einjagen. Kaisa-Liisa steht nur am Ufer, aber man sieht ihr an, dass sie am liebsten losschimpfen würde, weil die beiden so einen Quatsch verzapfen.

»Vielleicht ist es in Wirklichkeit ja genauso«, seufzte Aylin, nachdem sie sich das Plakat eine Weile angeschaut hatte. »Dann könnte man fast verschmerzen, dass sie für immer weg ist.«

Und wir anderen nur: »Ach ja …«, weil es eben doch nicht so einfach war, sich an den Gedanken zu gewöhnen.

Dass wir Kaisa-Liisa schon wieder unterschätzten, erfuhren wir am darauffolgenden Samstag. Da war Mittsommer, und die Rektorin (also Aris und Karis Mama, falls es jemand nicht mehr weiß) hatte die ganze Schule auf den Aalto-Hof eingeladen. Auch die Eltern durften mitkommen, alle brachten zu essen und zu trinken mit, und abends sollte es das große Mittsommerfeuer geben. Es war richtig, richtig schön, aber das Schönste war etwas, was den meisten, die es sahen, bestimmt vollkommen normal vorkam, nämlich dass aus der Öffnung unten in der Hühnerstalltür plötzlich Kaisa-Liisa spazierte. Papa wäre vielleicht erschrocken, aber dann hätte er sich wahrscheinlich gesagt, dass es nicht nur ein schwarz-weiß geflecktes Huhn auf der Welt gab. Er war aber sowieso nicht in der Nähe.

Auch Ria, Aylin und ich standen ein Stück entfernt und wurden erst durch Aris und Karis Papa auf Kaisa-Liisa aufmerksam. Ihm war wohl irgendwann aufgefallen, dass sie nicht auf dem Hof herumspazierte, und jetzt wunderte er sich.

»Nanu«, hörten wir ihn sagen. »Die gute Kaisa-Liisa hab ich ja schon eine Weile nicht mehr gesehen! – Ari, Kari, kommt ihr mal?«

Die beiden redeten gerade mit Frau Hämäläinen, und wenn ich mich nicht verhört habe, versicherten sie ihr gerade, dass es ganz bestimmt nicht geflunkert sei, dass sie sich auf dem Hof um die Hühner kümmerten. Dann hörten sie ihren Papa rufen und schauten, genau wie wir Mädels, zu ihm und Kaisa-Liisa hin. Ich muss ehrlich zugeben, dass ich in dem Moment nicht so cool geblieben wäre wie die beiden.

»Ja?«, sagte Ari.

»Was ist mit Kaisa-Liisa?«, fragte Kari.

Und ihr Papa: »War die nicht weg?«

»Nein«, sagte Ari.

»Sie treibt sich nur gern herum«, sagte Kari.

Erst abends tanzten wir fünf nur für das verrückte Huhn ums Feuer. Vor Freude, dass es wieder da war, meine ich. Da tanzten aber noch andere, und es fiel nicht weiter auf.

Kaisa-Liisa selbst war abends nicht mehr zu sehen, aber am nächsten Morgen pickte sie bei den Jungs ans Fenster und hatte ein Mitbringsel von ihrer Reise im Schnabel: ein Fitzelchen karierten Stoff, wie man ihn für Schottenröcke verwendet. Ari und Kari wollen dafür extra ein kleines Schatzkästchen basteln, und ehrlich, ein bisschen neidisch bin ich auf das tolle Andenken schon.

Aber gut, dafür hab ich Kaisa-Liisas Feder, die jetzt an Tante Elsas Strohhut steckt. Wenn Papa bei mir im Zimmer ist, schielt er immer hin, und ich tue dann so, als würde ich es nicht bemerken. Ich sag auch nichts dazu, dass er inzwischen bei allen seinen Dehnübungen in den Himmel starrt, nicht mehr nur bei der für den Nacken. Ich überlege mir manchmal, wie es für ihn wohl wäre, wenn irgendwann von Westen her der Saurier angeflogen käme, weil er Kaisa-Liisa mal besuchen will. Wäre ja möglich. Und schön wäre es auch, ihn wiederzusehen! Bis dahin hab ich leider nur ein einziges mickriges Andenken an ihn: die stecknadeldünne Narbe von dem Kratzer auf meinem Handrücken. Das Pflaster wollte ich erst auch aufheben, aber es hat schnell gemuffelt, da hab ich's weggeschmissen.

War sonst noch was? Ich glaube, nein. Oder doch: Die Rektorin hat sich abends beim Mittsommerfest bei uns Mädels bedankt. Sie und die Kollegin Hämäläinen wüssten zwar nicht, wie wir das angestellt hätten, aber dass Ari und Kari sich in der Schule nicht mehr wie die Klassendödel aufführten, habe eindeutig mit uns zu tun.

»Gibt's eigentlich einen Grund, weshalb sie sich so aufgeführt haben?«, fragte ich.

Da zeigte die Rektorin lächelnd auf sich, und klar, darauf hätte man auch selbst kommen können: Die beiden wollten keine Mama- und schon gar keine Rektorinnensöhnchen sein. Ich sag dazu nur: Jungs!

Und übrigens: Gleich in der Woche nach Mittsommer kam schon der Nächste, der was von mir wollte. Matti war das, auch aus unserer Klasse.

»Unter meinem Bett wohnt ein Monster – kannst du mir helfen?«, fragte er mich in der großen Pause.

Ein Monster unterm Bett klang nicht nur gruselig, sondern war es auch! Aber davon erzähl ich ein andermal.

Pertti Kivinen, 1980 geboren, stammt aus dem kleinen finnischen Ort Kaninkorva. Bevor er anfing, Bücher zu schreiben, war er Holzfäller und ein lausiger Fußballer. Bei bisher 18 Versuchen, Landesmeister im Gummistiefelweitwerfen zu werden, erreichte er nie den Endkampf. Dass er trotzdem weitermacht, ist einer Hartnäckigkeit zu verdanken, die es so nur in Finnland gibt. Das finnische Wort dafür ist »sisu«. In der Reihe Hanser sind von Pertti Kivinen bereits die drei Abenteuer der ›Blaubeerdetektive‹ erschienen.

Katrin Engelking, 1970 in Bückeburg geboren, studierte an der Fachhochschule für Gestaltung in Hamburg Illustration und arbeitet seit 1994 als freie Künstlerin. Für die Reihe Hanser hat sie etliche Umschläge gestaltet und die ›Blaubeerdetektive‹-Trilogie von Pertti Kivinen illustriert.

Anu Stohner, 1952 in Helsinki geboren, lebt als Übersetzerin und Autorin in Altlußheim am Rhein. Für ihre Übersetzungen aus dem Englischen, Finnischen und Schwedischen wurde sie unter anderem mit dem Hans-Christian-Andersen-Preis für ÜbersetzerInnen und dem Finnischen Staatspreis ausgezeichnet.

Leseprobe zu Band 3

Das Monster unter Mattis Bett

Erscheint im März 2025

1.

Kannst du mir helfen?

Ich heiße Wilma und gehe ganz normal in die dritte Klasse. Aber ich nehme es auch mit richtig fiesen Fieslingen auf. Für die bin ich Expertin. Und falls jemand denkt, mit Fieslingen meint die doch bestimmt irgendwelche Jungs – falsch! Die Fieslinge, die ich meine, sind Geister und Monster und all so was. Einmal sollte ich sogar einen Saurier aus einem Baumhaus locken. Allerdings stellte sich bei dem heraus, dass er gar nicht fies war, höchstens ein bisschen ungeschickt mit seinen scharfen Klauen.*

Nach der Sache mit dem Saurier hätte ich eigentlich gern für eine Weile meine Ruhe gehabt, aber schon am nächsten Tag passte mich Matti aus meiner Klasse in

* Wie genau das war, kann man in ›Super-Wilma – Der Saurier in Aris und Karis Baumhaus‹ nachlesen.

der großen Pause ab. Er schaute erst nur auf seine Füße, dann gab er sich einen Ruck und sagte:

»Unter meinem Bett wohnt ein Monster – kannst du mir helfen?«

Alle in der Klasse wissen, dass sie mich in solchen Fällen um Hilfe bitten können, also wunderte mich Mattis Frage nicht. Ich verstand nur noch nicht, was genau er von mir erwartete, darum fragte ich ihn:

»Heißt das, dass du das Monster loswerden willst?«

Und er: »Was denn sonst?«

»Hätte ja auch sein können, dass ich's dir nur zähmen soll«, sagte ich.

»Wozu *das* denn?«, fragte Matti.

»Damit es zum Beispiel mit dir in die Schule kommt und unsere Lehrerin erschreckt?«

Für einen Augenblick sah Matti aus, als würde er darüber nachdenken, aber dann schüttelte er den Kopf.

»Nein«, sagte er. »Ich finde unsere Lehrerin ja nett.«

Da wusste ich, dass ihm das Monster unter seinem Bett wirklich zu schaffen machte, denn sonst beschwert sich Matti dauernd, dass Frau Hämäläinen – so heißt unsere Lehrerin – ihn auf dem Kieker hat. Dabei vergisst die verpeilte Tröte nur ständig ihre Hefte. Matti, meine ich.

»Gut«, sagte ich. »Ich kümmere mich darum. Macht zwei Kugeln Schokoeis aus dem *Venezia*.«

Venezia heißt das Eiscafé nicht weit von unserer Schule.

»Abgemacht«, sagte Matti.

Und ich: »Eine Kugel heute nach der Schule im Voraus, die andere, wenn die Sache erledigt ist.«

Matti kramte lange in seinen Hosentaschen, dann stülpte er sie nach außen und zeigte mir, dass sie leer waren. Was mich wunderte, weil Matti immer irgendwie was mit der Nase hat und ich in seinen Hosentaschen wenigstens zerknüllte Papiertaschentücher vermutet hätte. Aber da war nichts, nicht mal der Radiergummi, den er die ganze Zeichenstunde hindurch gesucht hatte.

»Kann es sein, dass du die Hose heute Morgen frisch angezogen hast?«, fragte ich.

»Woher weißt du das?«, antwortete er verdutzt.

»Intuition«, sagte ich, und er nickte wie alle Jungs, wenn sie was nicht verstehen, es aber nicht zugeben wollen. Oder okay: wie *viele* Jungs, wenn sie was nicht verstehen, es aber nicht zugeben wollen. Es gibt auch Ausnahmen. In jedem Fall erklärte ich Matti vorsichtshalber noch mal in einfachen Worten, was ich meinte: »Es war so eine Eingebung«, sagte ich.

»*Was* war so eine Eingebung?«, fragte er.

Und ich: »Oh Mann, Matti, vergiss es! Sieh einfach nur zu, dass du Geld für die Kugel Eis im Voraus hast!«

Da zog er mit immer noch nach außen gestülpten Hosentaschen ab, und Ria und Aylin kamen mit hochgezogenen Augenbrauen und fragten:

»Was war *das* denn?«

»Was will *der* denn von dir?«

Wir drei sind beste Freundinnen und waren wie üblich zusammen in die große Pause gekommen, aber als Matti mich angequatscht hatte, waren die beiden weitergegangen und hatten nur die Augen verdreht.

»Er hat ein Monster unterm Bett«, sagte ich.

»Sicher?«, fragte Ria.

»Es ist nicht nur ein Haufen dreckige Klamotten?«, fragte Aylin.

»Mit einem Fußball als Kopf?«, schlug Ria vor.

»Ich glaube nicht«, sagte ich. »Ich glaube, der hat richtig Angst.«

»Und hilfst du ihm?«, fragte Aylin.

»Sein bester Freund hilft ihm jedenfalls nicht«, sagte Ria und zeigte zum anderen Ende des Schulhofs.